D0941447

Nulle part au Texas

DU MÊME AUTEUR

Romans

AGÉNOR, AGÉNOR, AGÉNOR ET AGÉNOR, Quinze, 1981 ; coll. «Typo»,
L'Hexagone, 1988.
LA TRIBU, Libre Expression, 1981.
VILLE-DIEU, Libre Expression, 1983.
AAA, AÂH, HA OU LES AMOURS MALAISÉES, L'Hexagone, 1986.
LES PLAINES À L'ENVERS, Libre Expression, 1989.
JE VOUS AI VUE, MARIE, Libre Expression, 1990.
AILLEURS EN ARIZONA, Libre Expression, 1991.
LE VOYAGEUR À SIX ROUES, Libre Expression, 1991.
PAS TOUT À FAIT EN CALIFORNIE, Libre Expression, 1992.
DE LOULOU À RÉBECCA (ET VICE VERSA, PLUS D'UNE FOIS), Libre Expres-
sion, 1993 (sous le pseudonyme d'Antoine Z. Erty).
MOI, LES PARAPLUIES..., Libre Expression, 1994.
VIE DE ROSA, Libre Expression, 1996.
VIE SANS SUITE, Libre Expression, 1997.
CADAVRES, Série noire, Gallimard, 1998.

Nouvelles

LONGUES HISTOIRES COURTES, Libre Expression, 1992.

Essai

COURIR À MONTRÉAL ET EN BANLIEUE, Libre Expression, 1983.

FRANÇOIS BARCELO

Nulle part
au Texas

Maquette de la couverture : France Lafond

Photocomposition et mise en pages : Deval-Studiolitho Inc.

Illustration de la couverture : Stefan Anastasiu

Photo du couvert 4 : Gaétan Laporte

© Éditions Libre Expression, 1989
   244, rue Saint-Jacques, Montréal, H2Y 1L9

Dépôt légal :
1er trimestre 1989

Dépôt légal :
1er trimestre 1989
Réimpression 3e trimestre 2001

ISBN 2-89111-378-0

Avant-propos

C'est le projet d'un voyage au Texas qui m'a donné l'idée de cette histoire. Quelques mois plus tard, une fois le roman terminé, je n'ai trouvé nulle part au Texas de lieux ou de personnages ressemblant à ceux que j'avais imaginés.

Que vouliez-vous donc que je fasse ? Je n'allais quand même pas jeter au rebut une histoire que j'avais écrite avec tant de mal et tant de plaisir, et qui ne pouvait se situer nulle part ailleurs qu'au Texas.

Le premier jour

*B*enjamin Tardif s'arrêta sur l'accotement sablonneux et laissa ronronner le moteur du Westfalia. Il tendit la main vers la carte routière du Texas, sur le siège du passager.

Après une minute, sans avoir regardé la carte, il tourna la clé d'allumage. Le paysage qu'il avait sous les yeux méritait plus qu'une courte pause. C'était sûrement la vue la plus spectaculaire depuis qu'il avait quitté Montréal.

Il était arrivé au bout d'un plateau pas très élevé. Consultée, la carte précisa qu'il était en un lieu nommé Hilltop of the World, à cinq cent quatre-vingt-deux pieds d'altitude – pas même deux cents mètres. Cela n'était pas bien haut. Il fallait être texan et amateur de superlatifs pour donner un nom pareil à ce sommet désertique. Mais le paysage qui s'étendait plus bas suggéra à Benjamin Tardif des images de paradis terrestre. Et il reconnut que cette désignation de «côte du Sommet-du-Monde» relevait autant de la licence poétique que de la vantardise.

Devant lui, la route commençait par descendre tout droit vers le golfe du Mexique. Mais, juste comme elle arrivait à une petite forêt d'arbres et d'arbustes le long de la côte, elle faisait un léger crochet vers la droite pour longer le rivage sur un kilomètre ou deux avant de tourner encore pour s'enfoncer dans le désert, vers les montagnes bleutées du Mexique.

Entre Junior's Last Run, où Benjamin Tardif avait fait le plein d'essence, et Badernia, la prochaine petite ville, il n'y avait pas le moindre nom d'inscrit sur la carte. La station-service de Junior's Last Run avait d'ailleurs prévenu quiconque savait lire les avertissements aux voyageurs du désert : « Dernière occasion de faire le plein à toute heure d'ici cent kilomètres. »

En fait, on pouvait lire sur le panneau de tôle : « Last 24-hour gas for next sixty miles. » Mais Benjamin Tardif était traducteur spécialisé, et il avait la manie de traduire tout ce qu'il lisait ou entendait. Pendant ses longues vacances, cela lui permettait de garder la main. Mais peut-être en aurait-il fait autant s'il avait été facteur ou plombier.

Donc, il arriverait dans quelques minutes au bas de la côte montant au lieu-dit Hilltop of the World. À quelques centaines de mètres de la route, de longues vagues aux crêtes blanches venaient s'effacer sur les plages sablonneuses de plusieurs petites baies séparées les unes des autres par des rochers. La route lui ferait ensuite longer, sur sa gauche, des arbustes et quelques bouquets d'arbres. Juste à l'endroit où elle amorçait un second crochet de quelques degrés vers la droite en direction de la partie la plus aride du désert, il y avait un petit bâtiment.

C'était peut-être une station-service. Benjamin Tardif se rappelait l'avertissement de celle de Junior's Last Run, qui laissait presque entendre qu'il en existait une autre sur cette route, mais que celle-là n'était pas ouverte tout le temps.

Il remit le moteur en marche et arriva rapidement au premier virage de la route.

Un tout petit chemin de sable, quasiment invisible dans le sable environnant parce qu'à peine plus pâle, s'ouvrait au milieu des buissons, vers la mer. Pas la moindre affiche «Privé» ou «Défense d'entrer». Pas même l'énigmatique avis «Posted» que les initiés savent interpréter comme «Défense de passer – et surtout de chasser».

Il faisait chaud. Horriblement chaud, même en roulant toutes vitres baissées. Sans doute ce chemin conduisait-il à une des plages aperçues de là-haut? Il était déjà deux heures de l'après-midi. Le sel de l'eau de mer sur la peau de Benjamin Tardif ne pourrait l'embêter longtemps, puisqu'il projetait d'arrêter dans un camping public que lui promettait la carte, à Badernia, près de la frontière mexicaine.

Le Westfalia s'engagea donc dans le petit chemin au centre duquel quelques touffes d'herbe poussaient péniblement.

Benjamin Tardif avançait prudemment. À gauche du chemin, deux carcasses de vieilles Chevrolet achevaient de rouiller. Il roula quelques instants encore, les arbustes l'empêchant de voir où il allait. Et soudain la mer s'ouvrit devant lui.

Il avait déjà vu de belles plages depuis trois mois qu'il était parti de Montréal. Mais jamais une comme celle-là.

Imaginez une petite baie enfoncée entre deux pointes rocailleuses, dans une mer bleu turquoise, dont les vagues viennent doucement mourir sur du sable blanc, poudreux comme de la neige. Surtout, cette plage présentait un avantage qu'il n'avait trouvé sur aucune des plages qu'il avait fréquentées jusque-là : il n'y avait personne. Pas le ventre d'un

Américain, pas la cuisse d'une Américaine, pas un seul parasol ni le moindre cerf-volant, pas de canne à pêche, pas de chaise pliante, pas de glacière, pas de radio, pas même un chien. Rien. La plage était à lui tout seul. Il n'avait qu'à se l'approprier s'il le désirait.

Il roula tout doucement jusqu'aux derniers buissons, car il savait que le sable du bord de la mer est parfois traître et qu'il risquait d'attendre du secours longtemps s'il s'enlisait en ce coin perdu.

Il descendit, fit le tour du véhicule, tira la porte coulissante, tendit la main vers le sac de toile où il gardait son maillot de bain, sa serviette et sa crème solaire. Mais il interrompit son geste, examina la plage derrière lui. Il n'y avait vraiment personne. Enfin l'occasion rêvée de se baigner tout nu chez ces puritains d'Américains pour lesquels un sein nu mérite un séjour en prison, et un pénis au soleil sans doute l'émasculation totale et définitive.

Il se déshabilla, laissa ses vêtements sur la banquette arrière, et marcha vers l'eau.

Celle-ci n'était pas froide du tout. Ni chaude non plus, comme il le redoutait encore plus. Elle était tout juste un peu rafraîchissante, et toute la chaleur que son corps avait accumulée en cette journée disparut en un instant. Il plongea dans la première lame qui roula vers lui, émergea de l'autre côté en secouant les cheveux, plongea encore, fit quelques longueurs de crawl, laissa son corps se redresser à la verticale. Il touchait tout juste le fond. Il valait mieux ne pas aller plus loin, au cas où il y aurait des courants contraires.

Il allait retourner vers la plage lorsqu'il entendit le roulement familier de la porte coulissante du Westfalia qui se refermait.

Il eut tout juste le temps de voir une silhouette sur le siège du conducteur. Une vague lui donna une poussée vers le rivage. Il s'efforça de se remettre debout, d'avancer rapidement dans l'eau qui s'opposait à son corps.

Le Westfalia partit à vive allure en soulevant un nuage de poussière et disparut derrière les buissons bien avant que Benjamin Tardif n'eût atteint la plage.

Il se mit à courir dans le chemin sablonneux à travers le nuage de poussière laissé par le véhicule. Puis le nuage se dissipa. Quand il arriva à la grand-route, il ne restait plus de son Westfalia que des empreintes de pneus dans le sable, qui pointaient vers la gauche.

Il resta debout au bord de la route jusqu'à ce que le petit point rose du Westfalia sur la route noire ne fût plus que le fruit de son imagination.

Et il se rendit compte qu'il était debout tout nu sur le bord d'une route. Il venait de voir disparaître à l'horizon non seulement son véhicule mais encore ses bagages, ses vêtements, son matériel de camping, ses cartes de crédit, son passeport et son argent.

Il s'était efforcé d'imaginer toutes les mésaventures qui pourraient s'abattre sur lui pendant son voyage et avait cherché à s'en prémunir. Mais celle-ci était totalement inattendue et beaucoup plus catastrophique. Il était en quelque sorte naufragé, comme Robinson Crusoé, à la différence que celui-ci avait, si ses souvenirs étaient exacts, récupéré un fusil et quelques autres biens du naufrage de son navire, tandis que lui n'avait rien. Il était nu comme l'enfant qui vient de naître, sur une route déserte où il n'avait rencontré personne – à l'exception de son voleur – depuis qu'il avait traversé Junior's Last Run.

Le soleil lui tapait sur la tête, au point qu'il sentait le sang lui battre dans les tempes. Il alla s'asseoir à l'ombre d'un arbuste pour réfléchir à sa situation.

Il aurait pu, à l'ombre très restreinte de l'arbuste, rester là à attendre le passage d'une voiture ou d'un camion. Mais s'arrêterait-on pour un homme tout nu gesticulant au bord de la route? La veille, il avait vu un homme arrêter sa camionnette sur le bord d'une route semblable, sortir une carabine et tirer plusieurs fois en direction du désert. Benjamin Tardif, qui l'avait suivi de loin, avait ralenti et vu une boule de fourrure – un coyote, sans doute – rouler plusieurs tours sur elle-même avant de s'immobiliser. Et l'homme était reparti en laissant l'animal qu'il venait de tuer.

Le propriétaire de la prochaine camionnette qui passerait par là n'en profiterait-il pas pour s'exercer à la chasse au coyote sur un hurluberlu tout nu?

Bref, Benjamin Tardif n'était pas seulement naufragé: il risquait de devenir gibier s'il se montrait. Et dès qu'il aperçut un petit point noir qui descendait du Hilltop of the World, il préféra se terrer derrière les buissons.

C'était effectivement une camionnette. Et elle avait une carabine à lunette accrochée à un support à l'arrière de la cabine. Elle passa sans ralentir et Benjamin poussa un soupir de soulagement.

Il songea à marcher loin de la route, en se cachant de buisson en buisson, jusqu'à la station-service qu'il avait cru apercevoir au sud. Peut-être, si ce n'était qu'une maison abandonnée, y trouverait-il de vieux vêtements? Mais les buissons étaient rares le long de la route et il devrait marcher de longs moments loin de tout abri. Un camionneur armé surgissant alors pourrait facilement le prendre en chasse.

Inutile, aussi, de faire demi-tour : il n'y avait pas âme qui vive à au moins cinquante kilomètres derrière lui. Et les premiers kilomètres seraient particulièrement pénibles, en plein soleil, dans la longue côte.

Il ne lui restait plus qu'une possibilité : passer par la mer, en marchant sur la plage ou en pataugeant dans l'eau jusqu'à la première maison – il y en avait peut-être parmi les arbres le long de la mer, car l'endroit lui semblait trop beau pour qu'il n'y en eût pas. Il pourrait s'en approcher suffisamment pour s'expliquer avant que son propriétaire n'ait eu le loisir de décrocher sa carabine.

Ce plan lui sembla aussi aléatoire que le premier, mais il avait l'avantage de lui permettre de retourner dans l'eau et d'éviter les coups de soleil.

Il reprit donc le petit chemin qui l'avait d'abord mené à la baie paisible et se replongea dans l'eau avec délices. Elle paraissait encore plus parfaitement rafraîchissante que quelques minutes plus tôt. Et le premier quart d'heure qu'il passa à marcher dans la mer le rassura sur la sagesse de son plan. Le sable, jusqu'à la sortie de l'anse, était doux, et l'eau assez limpide pour lui permettre d'éviter les rares cailloux et les morceaux de coquillages. Passé ce point, le littoral était toutefois bloqué par des rochers qui s'avançaient dans l'eau.

Benjamin Tardif était bon nageur, mais il hésita avant de se lancer tête première dans l'eau pour contourner les rochers. Il se méfiait des courants, qui pourraient l'entraîner vers le large ou, au contraire, le pousser violemment contre les rochers. Mais il n'avait plus le choix. Il se mit donc à nager doucement, d'une brasse tranquille, et constata avec satisfaction que le courant le poussait vers le sud, sans l'éloigner du rivage. Il nagea ainsi, ou plutôt se laissa

emporter par la mer, jusqu'après la pointe rocheuse, puis se
retrouva dans une autre baie, plus petite que la première
mais presque aussi belle. Il s'approcha de la plage, resta
assis dans l'eau quelques minutes pour reprendre son
souffle.

Le soleil commençait à baisser à l'horizon, et il réso-
lut d'attendre que l'obscurité fût plus totale. D'une part, les
lumières des habitations, s'il y en avait sur ce rivage,
seraient bientôt plus aisément visibles et il risquerait moins
de passer à côté de l'une d'elles sans la voir. D'autre part,
l'obscurité lui permettrait de s'en approcher sans être vu et
de crier : «Excusez-moi, je suis un étranger. Je me suis fait
voler ma voiture et tous mes effets personnels. Pour l'amour
de Dieu, aidez-moi.»

Il répéta ce discours à haute voix, dans son meilleur
anglais. Il était particulièrement fier de son «pour l'amour
de Dieu» («for God's sake») qui lui semblait judicieusement
choisi pour toucher ces gens généralement aussi portés sur
la religion que sur la gâchette.

Lorsqu'il fit presque noir, il se remit à l'eau. Il faisait
assez sombre, en tout cas, pour rendre parfaitement visible
toute lumière sur le rivage si lumière il y avait.

Comme il ne pouvait plus voir le fond de l'eau, il
nageait tout le temps, même dans les endroits sablonneux,
alternant entre sa brasse tranquille et un crawl à peine plus
énergique. Il évitait ainsi de s'ouvrir un genou sur un rocher.
Il craignait aussi qu'un requin, une raie ou quelque autre
saloperie ne vînt l'assaillir. Mais il tentait de se rassurer en
se disant que ce serait bien le comble du malheur si, le
même jour, il se faisait dévorer par un requin après s'être
fait voler tout ce qu'il possédait.

Effectivement, il ne frôla ni requin, ni raie, ni aucune autre saloperie. Il ne vit non plus aucune lumière avant de sortir de cette baie puis d'entrer dans une autre tout à fait semblable. En fait, il allait sortir de cette baie encore – la quatrième – lorsqu'il aperçut par-dessus son épaule droite une lumière toute proche, qu'il venait de dépasser. Cette lumière lui avait sans doute été dissimulée jusque-là par des buissons. Peut-être avait-il simplement été distrait ?

Il se laissa revenir à la verticale, toucha du bout des orteils le fond de la mer. Son coeur battait à tout rompre, mais il s'efforça de se calmer pour observer tranquillement la source de cette lumière.

C'était une petite maison blanche – de couleur pâle, en tout cas – au toit en pente douce qui se détachait sur le ciel presque noir. Quatre cocotiers l'entouraient. La lumière, qu'il apercevait par deux fenêtres, celle qui faisait face à la mer et l'autre du côté sud, était blafarde et vacillante. Une bougie, peut-être ? Pas une lampe électrique, en tout cas. À moins que ce ne fût une veilleuse. Il ne vit près de la maison aucun véhicule, surtout pas une de ces camionnettes qui le terrorisaient. Mais il pouvait y en avoir de l'autre côté. Il commença à s'avancer vers le rivage, tout doucement, en faisant le moins de bruit possible dans l'eau.

La maison, même dans l'obscurité, montrait des signes évidents de délabrement : les corniches étaient abîmées, quelques carreaux d'asphalte battaient au vent sur le toit.

Il sortit de l'eau, en redoutant l'aboiement féroce d'un chien. Pas de bruit. Pas de télé non plus. Sans doute les habitants de la maison étaient-ils sortis, en ne laissant allumée que la veilleuse dont il voyait la lueur par les fenêtres.

Mais il ne commettrait pas la bêtise d'essayer d'entrer sans permission et de risquer que des gens le prennent pour un cambrioleur. Il gravit tout doucement les marches d'un petit balcon branlant, vers une porte dont la moustiquaire avait été remplacée par un panneau de contre-plaqué. Il se demanda si la maison n'était pas abandonnée. Mais non : la veilleuse prouvait le contraire.

Il frappa à la porte.

— Excusez-moi, cria-t-il en anglais d'une voix qu'il s'efforça de rendre forte mais douce sans trop savoir comment cela pouvait être possible, je suis un étranger, et je me suis fait voler ma voiture et tous mes effets personnels. Aidez-moi.

Pas de réponse. Il se mordit les lèvres d'avoir oublié son judicieux «for God's sake».

— Il y a quelqu'un ? demanda-t-il encore.

— Sûr que je suis là, fit une voix bourrue avec l'accent chantant du Sud.

«Sure, I'm here», avait dit la voix, comme si cela avait été évident qu'elle était là avant même qu'elle n'eût parlé.

— Excusez-moi, répéta-t-il, je suis un étranger, et je me suis fait voler ma voiture et tous mes effets personnels. Pour l'amour de Dieu, aidez-moi.

— Chiche, dit la voix.

Elle avait dit «Bullshit», mais si jamais Benjamin Tardif avait eu à traduire cette expression, il aurait sans doute utilisé une expression comme «Chiche», même si ce n'était pas du tout la même chose.

— Je vous jure...

La porte s'ouvrit sur une lampe à pétrole tenue par une femme. Il essaya de se dissimuler encore mieux derrière le cadre de la porte.

La femme était noire. Jeune ou vieille ? Difficile à dire dans la lueur mouvante de la lampe.

— Je vous jure que je me suis tout fait voler, même mes vêtements. J'ai besoin d'aide. Vous pouvez téléphoner...

— Pas de téléphone.

— Ah...

Il hésita, s'efforça de réfléchir, mais le fait d'avoir à se cacher l'empêchait de penser clairement.

— Écoutez, dit-il enfin, vous pouvez me donner de vieux vêtements de votre mari et je vous bénirai jusqu'à la fin de vos jours.

La femme fit la moue. Peut-être était-elle moins religieuse que la plupart des gens du Sud qu'il avait rencontrés jusque-là ?

— Pas de mari, laissa-t-elle enfin tomber sur le ton de la plus parfaite indifférence.

— Vous avez peut-être de vieux jeans ?

— Je porte pas de pantalon.

Il se demandait si ses réponses systématiquement négatives – «No phone, no husband, no pants» – étaient des expressions d'hostilité ou tout simplement la vérité. Il se mit à chercher désespérément une question qui aurait des chances de lui soutirer un «oui».

— Vous êtes seule ici ? demanda-t-il enfin, car cela lui semblait évident.

— Pas de vos affaires, répondit-elle sur le même ton bourru.

— Ce n'est pas ce que je voulais dire…

— Qu'est-ce que vous vouliez dire, alors ?

— Euh… que quelqu'un d'autre, peut-être, aurait pu me donner de vieux vêtements.

— Je peux vous donner des vêtements à moi, si vous voulez. Mais j'ai pas grand-chose.

Enfin une remarque positive ! Il sauta dessus sans hésiter.

— N'importe quoi fera l'affaire.

Elle referma la porte, revint avec un bout de tissu qu'elle lui tendit.

— C'est tout ce que j'ai dont j'ai plus besoin.

— Merci.

Il s'écarta de la porte, en mettant les mains devant la lampe pour examiner le vêtement. C'était une culotte de femme, tout à fait démodée, en un tissu soyeux garni de franges dont il ne pouvait deviner la couleur dans l'obscurité. Mais il l'enfila sans hésiter.

La culotte était beaucoup trop grande pour lui. À la ceinture élastique, il fit deux noeuds qu'il joignit à l'avant. La culotte ne tombait pas. Mais un testicule pendait sous le rebord gauche. Il s'efforça de le rentrer, remonta la culotte jusqu'à son ventre, puis revint se placer devant la lampe, espérant que son allure apitoierait la femme.

— Merci.

— Y a pas de quoi, dit-elle.

Elle avait dit « You're welcome » avec le même ton de politesse machinale qu'adoptent les Français pour dire « Y a pas de quoi ».

Il resta debout devant elle. Elle tenait la lampe à bout de bras, pour bien le voir, lui. Mais cela la rendait, elle, difficile à voir. Pour mieux distinguer ses traits, il tendit sa main devant la flamme. La femme n'était pas aussi grosse que la culotte le laissait supposer.

— J'ai suivi un régime, expliqua-t-elle comme si elle avait lu dans ses pensées.

Il baissa la main et sourit, espérant la faire sourire. Elle ne sourit pas.

— Y a-t-il un voisin à qui vous pourriez demander de téléphoner à la police ?

— Pas de voisin. Le plus proche est à cinquante kilomètres par là, et à cinquante kilomètres par là, fit-elle en pointant successivement le pouce dans deux directions opposées. De toute façon, ajouta-t-elle, je peux pas leur téléphoner.

Elle parlait en milles, bien entendu, pas en kilomètres. Mais Benjamin Tardif avait l'habitude de convertir les chiffres des textes américains qu'il avait à traduire.

— Vous n'avez pas d'auto non plus ?

— Pas d'auto. Et puis le shérif Case aime pas beaucoup les hommes qui se promènent tout nus ou en culotte de femme.

— Je comprends, dit-il même s'il ne comprenait pas tout à fait.

— Il aime pas les homos. Les nudistes non plus.

— Je comprends, répéta-t-il sottement.

— Je suis vraiment contente que vous compreniez tout, dit-elle avec un petit rire.

Cela réconforta Benjamin Tardif de constater qu'elle pouvait rire. Mais il ne savait plus quoi dire. Il fit semblant de prendre congé, dans l'espoir qu'elle proposerait quelque chose – de l'héberger, peut-être – ou qu'elle suggérerait une autre solution à son problème.

Il lui tourna le dos, descendit les marches, convaincu qu'elle allait le rappeler. Elle ne le rappela pas. Elle laissa simplement la porte battre derrière lui. Il marcha jusqu'à la plage, s'assit sur le sable frais.

Il n'était pas sûr que sa situation se fût améliorée depuis sa rencontre avec la femme. Bien entendu, il n'était plus tout à fait nu. Mais une culotte trop grande ne suffirait pas à le protéger du froid de la nuit et des ardeurs du soleil ou à écarter de lui la hargne des chasseurs de coyotes.

Le voisin le plus proche était à cinquante kilomètres. Le téléphone le plus proche à la même distance. Et le seul être humain à qui il pouvait demander de l'aide n'avait rien voulu lui fournir de plus qu'une vieille culotte trop grande.

D'ailleurs, qu'est-ce qu'une femme pouvait bien faire dans un endroit pareil, sans téléphone, sans voiture ?

— J'ai trouvé ça aussi.

Il se retourna. Elle lui tendait un chemisier, aussi vaste que la culotte.

— Ça aussi, c'est d'avant mon régime.

— Merci beaucoup.

— Y a pas de quoi, répéta-t-elle en se retournant et en rentrant chez elle sans se presser.

Benjamin Tardif n'avait toujours pas pu voir son visage autrement que sous la lueur mouvante de la lampe à pétrole. Mais la démarche ondulante et vaporeuse de sa silhouette était un vibrant hommage à l'efficacité de son régime amaigrissant.

Dans le chemisier, il trouva aussi deux tranches de pain qu'il eut tout juste le temps de dévorer avant de s'endormir – au moment même où il se disait qu'il serait incapable de fermer l'oeil.

Le deuxième jour

Avant même qu'il ouvre les yeux, ses mésaventures de la veille lui revinrent à l'esprit. Comble de malheur, il sentait une ombre au-dessus de lui, et c'était sans doute cet objet s'interposant entre le soleil et lui qui l'avait réveillé.

Il s'efforça de garder les yeux fermés et de faire le mort. Il espérait vaguement que, s'il s'agissait d'un chasseur de coyotes, celui-ci n'aurait pas le coeur de gaspiller une balle sur un mort habillé d'une culotte de femme à franges et d'un chemisier dont Benjamin Tardif ignorait encore la couleur tout en se doutant fort bien que celle-ci ne devait pas être particulièrement masculine.

L'ombre s'écarta de lui et il entendit des pas s'éloigner. Il ouvrit les yeux, se tourna en direction du crissement de chaussures dans le sable et vit la femme noire qui s'éloignait de sa démarche féline. Près de lui, elle avait laissé une tasse de café et deux tranches de pain mal enveloppées dans du papier journal.

— Où allez-vous ? lui demanda-t-il lorsqu'il la vit contourner la maison au lieu de rentrer chez elle.

— Travailler.

Elle avait dit «Gonna work», «Goin' to work» ou «Gotta work» ou quelque chose d'approchant, d'un ton joyeux. Sans doute exerçait-elle une profession agréable.

Il se leva, la suivit autour de la maison alors qu'elle s'engageait dans un petit chemin formé de cailloux et de coquillages.

— Où ?

— Là-bas.

Elle avait fait un geste vague, comme si le lieu de son travail englobait tout l'ouest du Texas et peut-être le nord aussi. Il courut pour la rattraper, mais fut forcé de ralentir lorsqu'il arriva pieds nus sur les cailloux et les coquillages.

— Comment y allez-vous ?

— Une limousine vient me chercher.

Elle avait dit cela avec le genre de mouvement d'épaules qui accompagne généralement un rire retenu, mais qui peut aussi n'être rien du tout.

Benjamin Tardif s'arrêta au milieu du chemin. Ses pieds nus souffraient sur les pointes de coquillage les plus acérées. Il chercha, à droite et à gauche, une voie plus propice aux pieds nus. Mais il y avait de chaque côté des fourrés épais, sûrement garnis d'épines qui lui déchireraient la peau.

— Vous pouvez m'emmener ?

— Pas question.

Elle avait dit « No way ». Et déjà elle disparaissait au premier virage du chemin de coquillages.

Il fit encore quelques pas en sautillant d'un pied sur l'autre, mais dut renoncer.

Il revint sur la plage, où il but le café tiède et mangea les deux tranches de pain enveloppées dans des pages du *Natural Enquirer.* Il avait l'habitude de lire tout ce qui lui tombait sous les yeux et il parcourut en mâchant son pain des articles sur la survie de John Kennedy, photographié récemment en train de prendre un café à Dallas avec son frère Robert, et sur les révélations d'une jeune femme qui affirmait avoir couché avec 16 % des sénateurs des États-Unis et 21 % des membres de la Chambre des représentants.

Il y découvrit aussi des choses tout à fait sérieuses, du moins en apparence. Par exemple, que sur notre planète deux avocats sur trois exerçaient leur profession aux États-Unis, pays qui formait dix fois plus d'avocats que d'ingénieurs, alors que les Japonais faisaient l'inverse.

Une fois le petit déjeuner avalé et la feuille de journal parcourue, Benjamin Tardif osa enfin examiner son accoutrement. Son chemisier arborait un motif à vagues, mariant audacieusement le jaune serin et le vert caca d'oie. Heureusement, les couleurs étaient à demi effacées par de nombreux lavages. Mais c'était indiscutablement un vêtement de femme – cela devait se voir à cent pas, tout comme cela devait se voir à cent pas qu'il était un homme, avec ses jambes au poil touffu sortant de la trop grande petite culotte aussi turquoise que l'eau du golfe.

Sous le soleil, mieux valait un vêtement de femme que rien du tout. Il l'avait boutonné tout de travers la nuit précédente, et il le reboutonna minutieusement mais péniblement, peu habitué qu'il était à glisser des boutons de gauche dans des boutonnières de droite.

Il s'installa sur une grosse pierre, à l'ombre du cocotier le plus près de la plage. Celle-ci, comme toutes celles qu'il avait vues la veille, était un petit coin de paradis. Du sable blanc parsemé de coquillages, où les vagues venaient se briser en bruissant. Un petit vent tout doux. Même le ciel était désert, et cet endroit devait être loin des bases aériennes militaires et hors des couloirs de l'aviation civile. C'était exactement le genre d'endroit qu'il était venu chercher de si loin. Sur cette plage, s'il avait eu son Westfalia, le reste de son matériel et un peu d'eau douce, il aurait été parfaitement heureux.

Penser à l'eau lui fit faire le tour de la maison à la recherche d'un robinet extérieur. Il n'en trouva pas.

Il n'y avait pas de porte de l'autre côté de la maison, là où normalement se serait trouvé l'avant. Il revint du côté du golfe. À son grand étonnement, la porte s'ouvrit sans opposer la moindre résistance. Elle n'avait pas de serrure, et il n'y avait ni crochet ni loquet de l'autre côté. La propriétaire ne craignait pas les voleurs. Mais un rapide coup d'oeil à l'intérieur démontra à Benjamin Tardif que les voleurs n'auraient pas eu là grand-chose à voler. Il entra, un peu gêné de le faire sans permission.

Il y avait une vieille pompe à eau, à côté de l'évier, sur un comptoir de bois usé. C'était le genre de pompe qu'il fallait amorcer avec un peu d'eau. À côté, il y avait un gobelet plein d'eau, qu'il versa dans l'orifice au haut de la pompe. Quelques bons coups sur le manche, et l'eau se mit à couler abondamment dans l'évier. Il but un plein gobelet d'eau fraîche, puis un deuxième, puis un autre encore.

Il examina ensuite le reste de la maison.

Celle-ci ne comptait que deux pièces – une cuisine qui faisait aussi office de salle de séjour, et une chambre à coucher – en plus d'une salle de bains toute petite dont la cuvette était abominablement rouillée. Il était évident que la propriétaire des lieux devait remplir un seau d'eau et le verser dans la cuvette parce que la chasse d'eau ne fonctionnait pas, et qu'elle négligeait de le faire aussi souvent qu'elle aurait dû.

Dans le garde-manger, il n'y avait que le quart d'un pain dont la date limite de vente, si Benjamin Tardif ne se trompait pas dans ses calculs, était le dimanche précédent. Et une bonne dizaine de boîtes de *chili con carne* en conserve, toutes de la même marque : Grandma Thurston.

Il alluma la télé dans la partie salle de séjour de la pièce principale. Rien. Il fit le tour des chaînes. Rien. Il alluma la lampe posée sur la télé. Encore rien. Il poussa l'interrupteur près de la porte d'entrée. Toujours rien.

Il sortit, passa à l'avant de la maison – ou, du moins, au côté opposé à la mer. Aucun fil électrique. Il n'était donc pas question de fusibles ayant sauté ou de panne de secteur. La maison avait déjà eu l'électricité mais ne l'avait plus depuis longtemps. Et sa propriétaire, soit par négligence, soit dans l'espoir qu'un jour elle pourrait ravoir du courant, avait tout laissé tel qu'auparavant, avec la télé branchée dans une prise totalement morte.

Il revint dans la chambre, meublée d'une commode et d'un vieux lit à deux places, très fatigué. Il ouvrit le placard, essaya toutes les paires de chaussures qu'il y trouva mais ne parvint à glisser le pied dans aucune.

Il retourna à la cuisine, fouilla dans l'armoire sous l'évier. Il y trouva une paire de mitaines pour le four noir et rose. Il y glissa les pieds. Miracle : le talon n'entrait pas, mais au moins la pointe du pied et une bonne partie de la plante seraient protégées.

Il retira les mitaines, les glissa dans la ceinture de sa culotte. Pas la peine de les porter à l'intérieur de la maison, avec ses planchers de bois usés, ne présentant aucun risque d'échardes.

Un examen plus approfondi de la maison ne lui révéla rien d'autre d'intéressant ou d'utile. La femme aurait pu, il est vrai, lui prêter une culotte plus petite : un tiroir de la commode en était plein. Mais pouvait-il lui reprocher de lui en avoir donné une dont elle ne pouvait plus se servir ? Il fut tenté d'en changer, mais ç'aurait été du vol. Pour les mitaines, ce n'était pas pareil : s'il les avait demandées à la femme, elle aurait sans doute accepté de les lui céder.

Il devait être midi environ lorsqu'il termina son examen de la maison. Il ressortit et chaussa les mitaines avant de s'engager dans le chemin de coquillages.

En marchant sur la pointe des pieds, il arrivait à avancer sans se faire de mal. Mais il n'était pas question de parcourir des kilomètres de cette manière. La maison était loin de la route – ou du moins en eut-il l'impression à marcher lentement, en s'efforçant d'éviter les pointes de coquillage les plus acérées.

Où pouvait-elle bien travailler pour qu'une limousine vînt la chercher dans ce coin perdu ? Un bordel, peut-être ? Sans qu'elle fût une beauté fatale, et sans qu'il pût affirmer que son régime avait été une réussite absolue, il ne la trouvait pas vilaine du tout.

Il en était là dans ses pensées lorsqu'il arriva en vue de la route. Marchant sur la pointe des pieds, il y était parvenu presque sans s'en rendre compte. Tout à coup, il leva les yeux et il aperçut la femme, de l'autre côté de la route.

Il se cacha derrière un fourré.

Elle était assise sur une chaise droite, à l'ombre d'un petit toit de tôle posé sur quatre poteaux, et lisait un journal de format tabloïd – sans doute le dernier numéro du *Natural Enquirer.*

Entre elle et la route, il y avait trois pompes à essence d'un modèle périmé depuis longtemps, chacune surmontée d'un grand contenant en verre gradué. À côté d'elle se dressait une grande affiche en tôle sur laquelle étaient grossièrement peints les mots : « Pas d'essence avant 50 kilomètres. Pas d'eau. Pas d'air. Pas de toilettes. Pas de crédit. Pas de cartes. Pas de chèques. Pas de batifolage. »

Les sept premières parties de l'affiche étaient aisément traduisibles. Mais Benjamin Tardif était bien embêté par la traduction à donner au dernier avertissement : « No foolin' around ». Il comprenait aisément qu'elle eût voulu faire valoir ce qui était de toute évidence le seul avantage de son poste d'essence tout à fait primaire : l'absence totale de concurrence dans une région où les pannes d'essence n'étaient pas particulièrement recommandables. Qu'elle fît savoir qu'elle offrait de l'essence et rien de plus était également fort compréhensible : les automobilistes abusent souvent de ces postes dans des endroits perdus pour mettre de l'eau dans leur radiateur et de l'air dans leurs pneus, faire pipi et repartir sans avoir rien acheté. Mais le « No foolin' around » jetait Benjamin Tardif dans la plus profonde perplexité. Que voulait-elle dire par là ? Était-ce un avertissement générique destiné à quiconque aurait voulu lui faire perdre son temps d'une manière ou d'une autre ? Une menace à l'endroit de ceux qui essaieraient de la voler ou de l'embêter de quelque manière que ce soit ? Où n'était-ce pas plutôt un avis à ceux qui seraient tentés de lui pincer les fesses ou de lui conter fleurette ? S'il avait eu à le traduire, il aurait opté pour une formule aussi vague en français : «Pas de batifolage», par exemple.

Il resta longtemps – une heure, peut-être plus – à observer la femme. Mais aucun véhicule ne passa par là et le soleil finit par se déplacer de façon à le laisser totalement hors de l'ombre de son fourré. Il préféra revenir à l'ombre du cocotier, sur la plage, où il s'assit sur la grosse pierre plate qui deviendrait de toute évidence, s'il devait rester là longtemps, son siège préféré, faute de concurrence.

La faim le tirailla tout l'après-midi, jusqu'au retour de la femme.

— Tiens, vous êtes encore là, vous ? s'exclama-t-elle en montant sur le balcon.

— Où voulez-vous que j'aille, habillé comme ça ? avait-il rétorqué en s'efforçant de prendre un air plus pitoyable qu'agressif.

Elle avait soupiré en poussant la porte et était rentrée sans s'occuper de lui.

Il resta là, affamé, assis sous son cocotier, à se demander s'il devait aller frapper à sa porte et lui rappeler son existence, au cas où elle l'aurait encore oubliée. Il était parfaitement conscient d'être embêtant. Si elle avait choisi de vivre dans ce coin perdu (à supposer qu'elle l'eût choisi), c'était sûrement parce qu'elle ne tenait pas particulièrement à faire la connaissance du plus grand nombre possible de ses contemporains. Et si elle avait pour seuls revenus la vente d'essence du plus minable des postes d'essence qu'il eût jamais vu à l'est et à l'ouest du Bangla Desh, elle n'avait sûrement pas de quoi nourrir personne d'autre qu'elle-même.

Il s'apprêtait à se lever et à la supplier de l'aider à trouver un moyen de se tirer de là, lorsqu'elle ressortit avec un bol à soupe en plastique dont dépassait le manche d'un ustensile. Elle marcha jusqu'à lui, lui tendit le bol.

C'était du *chili con carne* en conserve, avec une grosse cuiller en acier inoxydable rouillé.

— Merci beaucoup.

Elle ne répondit pas par son habituel « You're welcome ».

— Il faut que vous partiez d'ici. Si le shérif Case vous voit, vous êtes pas mieux que mort.

— Justement, si je dois partir d'ici, il *faut* que je voie le shérif. Je me suis fait voler toutes mes affaires. Dans mon pays, quand on se fait voler ses affaires, on va voir la police. Ici aussi, je suppose ?

Elle ne sembla pas remarquer l'ironie de ses propos. Elle resta debout, au-dessus de lui, à secouer la tête.

— De quelle couleur elle était, votre auto ?

— C'est un Westfalia – un fourgon motorisé Volkswagen, vous voyez ce que je veux dire ? Celle qui a un toit qui s'ouvre à un bout, comme ça…

Il avait placé ses deux avant-bras horizontalement devant lui, à hauteur du menton, et avait soulevé une main pour expliquer comment s'ouvre le toit du Westfalia. Elle hocha la tête comme pour affirmer que c'était impossible qu'un toit de véhicule pût s'ouvrir de cette manière.

— Je vois pas. Mais elle était de quelle couleur ?

— Qu'est-ce que ça peut faire ?

— Elle était de quelle couleur, votre putain de machine ?

Elle avait haussé la voix avec colère et avait dit «your fucken truck». Étonné de la voir se fâcher pour si peu, il répondit honteusement :

— Rose.

— Oh, merde.

Elle avait dit «Oh, shit» d'un air si catastrophé qu'il se demanda ce qu'il pouvait y avoir de si terrible à posséder un Westfalia rose, même si ce n'était pas, à lui non plus, sa couleur préférée.

— C'était un véhicule d'occasion, entreprit-il d'expliquer. Je l'ai acheté de quelqu'un qui allait mourir.

— Du sida, je parie ?

— Non, du cancer, mentit-il.

C'était pourtant bel et bien du sida qu'on disait que le fleuriste Bernard, ex-propriétaire du Westfalia, était mort. Et Benjamin Tardif se surprit à avoir honte de la maladie de l'ex-propriétaire de son véhicule.

— Écoutez, reprit-elle, si jamais vous parlez au shérif Case, dites-lui que vous vous êtes fait voler une Cadillac noire, pas un Wasfoolia rose. Sinon, vous êtes mort.

— Qu'est-ce que le shérif peut bien avoir contre les Westfalia roses ? Il y en a déjà une qui lui est entrée dedans, ou quoi ?

Il s'était efforcé de bien articuler West-fa-lia. Mais il songea que si elle disait Wasfoolia, c'était peut-être la manière dont on prononçait ce nom avec l'accent de cette région du Texas.

— Peut-être bien que oui, répondit-elle sur le ton de quelqu'un qui ne veut plus discuter.

D'ailleurs, comme par hasard, elle cessa de discuter, lui tourna les talons et rentra chez elle. Mais elle rouvrit aussitôt la porte, le temps de lui crier :

— La prochaine fois que vous prendrez de l'eau, laissez-en un gobelet pour réamorcer la pompe. Y a rien qui me fait chier plus que ça.

Il n'eut pas le temps de dire « Excusez-moi » que déjà la porte était refermée.

Il regarda dans le bol de plastique. C'était du *chili* en conserve, comme il y en avait dans tant de boîtes sur les tablettes de la cuisine. Et il sembla à Benjamin Tardif n'y avoir dans son bol que la moitié d'une boîte. La femme devait donc se contenter, ce soir-là, d'une moitié de boîte elle aussi. À moins qu'elle ne s'en fût servi une boîte et demie pour elle toute seule ?

Il crut entendre la porte se refermer derrière lui. Il garda le dos tourné, certain qu'il la verrait s'approcher. Mais elle n'approchait pas et il finit par se retourner pour voir ce qui se passait. Sur la balustrade du petit balcon, elle avait simplement laissé une couverture.

Lorsqu'il eut fini de manger le *chili*, qui ne calma sa faim qu'à demi, il rinça le bol et la cuiller dans l'eau salée, et les laissa sur le balcon, en échange de la couverture.

— Merci ! cria-t-il.

Un vague bruit lui parvint de l'intérieur. Peut-être était-ce « You're welcome », peut-être était-ce un grincement de chaise.

Il fit plutôt froid ce soir-là. Un vent d'est s'était levé, traversait le golfe et fouettait les vagues sur la plage.

Benjamin Tardif, encore tiraillé par la faim, n'arrivait pas à dormir. Il venait de songer que si quelqu'un avait volé son Westfalia sur la plage, il fallait que cette personne se fût rendue là par un autre moyen. Il était impensable qu'elle eût marché cinquante kilomètres. Elle s'était donc rendue là avec un autre véhicule : une camionnette, une moto, une voiture, pourquoi pas un vélo ? Et s'il s'était donné la peine, la veille, de regarder aux alentours de l'endroit où on lui avait volé son Westfalia, il aurait sûrement trouvé cet autre véhicule.

Peut-être serait-il encore temps, le lendemain matin, d'aller voir s'il était encore là ? Il pouvait s'agir d'une vieille voiture abandonnée en échange de son Westfalia. Ou peut-être, à défaut de véhicule, y aurait-il des empreintes de pneus ou de pas qui constitueraient des indices sur l'identité de son voleur ? Il fallait retourner là-bas au plus tôt, avant qu'un orage efface ces traces. De toute façon, cela l'occuperait.

Il se promit de supplier dès son réveil la femme de laisser de sa part un message au premier automobiliste qui s'arrêterait au poste d'essence. L'automobiliste n'aurait qu'à téléphoner, à frais virés, à Charles Tardif pour lui dire que son frère Benjamin avait des ennuis au Texas, quelque part à mi-chemin entre Junior's Last Run et Badernia.

Le troisième jour

*L*orsque Benjamin Tardif se réveilla, le soleil était levé depuis longtemps. Il trouva près de lui une tasse de café qui achevait de tiédir et quatre tranches de pain qui séchaient au soleil dans une feuille de journal mal repliée.

S'était-elle rendu compte que deux tranches de pain ne suffisaient pas à soutenir un homme pendant une journée entière ? Ou avait-elle un bout de pain dont elle voulait se débarrasser ?

Toujours est-il qu'il dévora le pain avec avidité. Il n'hésita qu'un instant entre aller parler à la femme au poste d'essence et se mettre aussitôt en route pour la plage où il s'était fait dévaliser. L'idée qu'il pourrait trouver le véhicule de son voleur ou des indices sur son identité l'excitait au plus haut point. Il alla dans la maison boire quelques verres d'eau et prit soin de laisser bien plein le gobelet d'amorçage.

Le courant du golfe allait toujours dans la même direction, vers le sud. Il était donc inutile d'essayer de nager. Il passa par la plage en gardant les mitaines dans la ceinture de sa culotte. Chaque fois qu'il arrivait à un endroit rocailleux, il les chaussait et continuait sur la pointe des pieds jusqu'à la plage suivante.

Il lui fallut au moins deux heures, estima-t-il tout en se doutant bien qu'il pouvait se tromper considérablement, pour se rendre à la plage de l'avant-veille. Il la reconnut aisément : c'était toujours la plus belle. De là, il prit le petit chemin sablonneux, jusqu'à la route.

Après s'être assuré qu'aucune voiture n'était en vue, il parcourut les environs. Il trouva, une centaine de mètres plus loin, un endroit où un autre chemin, encore plus petit, encore plus sablonneux et qu'on pouvait facilement confondre avec un élargissement de l'accotement, enjambait le fossé asséché. De l'autre côté, il trouva des empreintes de pneus, derrière de gros buissons qui auraient pu lui cacher un véhicule au moment où il venait, l'avant-veille, de courir jusqu'au bord de la route.

Il était impossible à Benjamin Tardif de savoir, juste à regarder ces traces, s'il s'agissait d'une camionnette ou d'une voiture. Mais il lui sembla évident que son voleur avait caché là son véhicule, le temps de lui voler le sien et de revenir reprendre celui-là, peut-être à la faveur de la nuit et probablement avec l'aide d'un autre conducteur.

Si Benjamin Tardif avait eu, immédiatement après le vol, la présence d'esprit de rester là et de chercher dans les alentours, il aurait trouvé le véhicule et pu prendre le voleur sur le fait, à son retour. Quoique, devant un homme nu et désarmé, le voleur aurait été en position de force. Et peut-être avait-il plutôt eu de la chance de s'en aller sans plus réfléchir.

Il s'éloigna, fit quelques pas en direction du premier petit chemin, mais revint en arrière. Il se mit à genoux dans le sable, essaya d'observer les moindres détails des empreintes de pneus, avant qu'elles disparaissent avec la première pluie. Mais il avait beau s'efforcer de noter les moindres détails, il devait convenir que ces empreintes étaient les plus banales du monde, du moins aux yeux d'un profane.

Elles semblaient de largeur moyenne, bien qu'il ne pût les comparer à d'autres pour s'en assurer. Et les dessins de la semelle étaient parfaitement invisibles. En se relevant, il regarda toutefois les empreintes le plus près de la route. Là, à l'endroit où le véhicule avait tourné à gauche pour remonter sur la route, elles étaient plus claires.

Il s'en approcha, se mit encore à quatre pattes dans le sable pour bien les examiner. Elles étaient inégales, mais un patient examen lui permit de reconnaître que celles de droite comptaient cinq nervures en zigzag. Tous les pneus du monde en avaient-ils autant ? Il n'en savait rien. Il examina les empreintes des pneus gauches. Cinq nervures aussi. Il s'approcha de l'endroit où les pneus avaient atteint la chaussée en tournant. Là, dans le virage, sur quelques centimètres seulement, les empreintes des quatre pneus se détachaient les unes des autres au lieu de n'en former qu'une paire. Tiens, tiens : le pneu avant droit avait quatre nervures, pas cinq comme les trois autres. Si jamais il retrouvait une voiture dont les pneus présentaient la même caractéristique, ce serait sûrement celle de son voleur.

Ravi d'avoir joué au détective et d'avoir trouvé un élément qui lui semblait significatif, Benjamin Tardif en avait oublié de surveiller la route. Heureusement, il n'y avait pas de vent, ce qui lui permit d'entendre venir un véhicule, qui descendait du Hilltop of the World. Il se tourna, vit un point noir qui grossissait rapidement. Il se releva et s'élança vers les buissons.

C'était une camionnette, et elle s'arrêta à sa hauteur. Le coeur battant, Benjamin Tardif en vit descendre un homme au ventre rebondi, qui portait des verres fumés sous la palette d'une longue casquette. L'homme tendit la main derrière son siège, sortit une carabine, regarda en direction du désert.

Benjamin Tardif retint son souffle. «Bon Dieu, faites que ce soit un coyote!» se dit-il, en en cherchant un des yeux sans le trouver. Le chasseur ne le trouva pas non plus, puisqu'il retourna bientôt à sa camionnette, remit la carabine à sa place et repartit.

Avant de sortir de sa cachette, Benjamin Tardif attendit que la camionnette ne fût plus qu'un minuscule point noir à l'horizon. Il s'avança sur la route, cette fois en regardant souvent d'un côté et de l'autre, et examina les empreintes qu'elle avait laissées. Elles étaient considérablement plus larges que celles qu'il venait d'examiner. Donc, son voleur n'était vraisemblablement pas un de ces hommes en camionnette, à moins qu'il n'y eût une vaste gamme de largeurs dans les pneus de ces véhicules.

Vaguement soulagé, il revint à la maison en passant par la mer, en se laissant porter par le courant le plus possible et en prenant bien soin de ne pas perdre ses mitaines coincées dans sa ceinture.

La femme revint à la fin de la journée. Elle entra de nouveau chez elle sans le regarder, ressortit un peu plus tard et lui tendit un bol qui contenait encore du *chili* et la même cuiller rouillée. Elle lui tourna le dos sans dire un mot. Mais il la retint par le bras.

— Écoutez, il faut que vous m'aidiez.

— Je peux rien pour vous.

— Il y a des automobilistes qui arrêtent prendre de l'essence chez vous ?

— Des fois un par jour. Des fois deux. Des fois pas du tout.

— Vous pourriez donner à un automobiliste le numéro de mon frère, à Montréal, avec un message pour qu'il vienne m'aider. Je vous écrirai tout ça sur un bout de papier.

— J'ai pas de crayon.

Il faillit perdre patience.

— Écoutez, si vous étiez dans mon pays et si vous étiez mal prise comme moi, je vous jure que je ferais au moins cela pour vous aider.

— Facile à dire.

— D'ailleurs, si vous vous donnez la peine d'expliquer au shérif Case que vous m'avez trouvé tout nu et que je n'ai que des vêtements que vous m'avez prêtés, vous pensez vraiment qu'il va me tirer dessus en m'apercevant ?

Elle haussa les épaules, comme quelqu'un qui a tenté d'expliquer à un enfant ce qu'un enfant est incapable de comprendre.

— C'est pas en laissant des gars se promener dans le comté en petite culotte de femme que Justin Case va gagner ses élections, en tout cas.

Il s'appelait Justin Case ! Monsieur le shérif Justin Case !

Benjamin Tardif se souvint d'avoir, en faisant le plein à Junior's Last Run, remarqué des affiches collées à des poteaux. Les deux lignes «Justin Case» et «Vote» étaient séparées par une tête coiffée d'un grand chapeau et ornée d'un visage qui semblait faire un effort surhumain pour ne pas sourire. Comme le texte était imprimé en majuscules, Benjamin Tardif avait cru que la première ligne était en trois mots : «just in case» et qu'il s'agissait d'une affiche pour inciter les gens à voter, tout simplement. La seule explication qu'il avait pu trouver à la présence du cow-boy, c'était qu'il était là pour illustrer le genre de sinistres individus qui risquent de terroriser les honnêtes gens qui ne s'acquittent pas de leur devoir démocratique.

— Ce n'est quand même pas un assassin, votre shérif, protesta-t-il encore en redoutant qu'elle lui raconte que Justin Case avait tué des dizaines de types qui se baladaient dans la région en petite culotte.

— Pas un assassin, non. Mais les Chicanos comme vous, on dit qu'il en a laissé des douzaines dans le sable du désert.

«Chicanos like you», avait-elle dit. Elle le prenait pour un Mexicain ! Peut-être cela expliquait-il bien des choses.

— Mais je ne suis pas mexicain. Je suis canadien.

Il avait failli dire «I'm from Québec», mais n'était pas du tout sûr qu'elle savait où cela se trouvait, ni même que cela existait. Elle ne pouvait pas, par contre, ignorer où se trouvait le Canada.

Aucunement ébranlée, elle haussa les épaules.

— Chicano, Canadien, c'est pareil, dit-elle.

Elle ignorait où se trouvait le Canada. Peut-être croyait-elle qu'il s'agissait d'une province du Mexique ? Il eut envie de lui donner un cours de géographie. Mais ce n'était pas le moment.

— Vous pensez qu'il va me prendre pour un Mexicain ? Je n'ai quand même pas une tête de Mexicain.

— Vous avez des papiers d'identité ?

— Non.

— Si vous avez pas de papiers, vous êtes chicano, ici. Et si vous êtes un Chicano sans papiers, vous êtes dans l'illégalité. Et beaucoup de gens dans le comté disent que renvoyer chez lui un Chicano illégal, ça sert à rien, parce que chaque fois qu'on en renvoie un, il en revient dix. Le shérif Case, lui, il a jamais reconduit un Chicano à la frontière. Et c'est pour ça qu'il va gagner ses élections. Parce qu'on en voit plus un seul par ici, des Chicanos. Ils se sont passé le mot. Même que vous êtes le premier qu'on voit depuis au moins six mois.

— Mais je ne suis pas mexicain. Je suis canadien. Du Canada : le pays *au nord* des États-Unis d'Amérique. Pas au sud.

Elle haussa encore les épaules, se retourna pour rentrer chez elle.

— Moi, pour ce que j'en dis, vous pouvez faire ce que vous voulez. Vous pouvez aller vous faire tuer par Justin Case quand vous voudrez. Mais je veux rien avoir à faire là-dedans. J'aime pas quand le monde meurt.

C'est sur cette note de noble sentiment qu'elle mit fin à la conversation, en faisant battre derrière elle la porte moustiquaire en contre-plaqué.

Elle passa la tête par la porte une autre fois.

— J'attends quelqu'un, ce soir. Vous avez intérêt à pas vous montrer.

Elle avait dit «somebody» et non «someone». Et sur un ton particulier, mettant sur «body» une insistance bizarre qui pouvait aussi bien signifier le mépris que l'admiration.

— Justin Case, je suppose? cria Benjamin Tardif en même temps que la porte claquait de nouveau derrière elle.

Elle rouvrit la porte, passa la tête dans l'embrasure, faillit dire quelque chose, mais lui tira la langue en haussant les épaules et laissa la porte claquer derrière elle.

C'était donc ça! Enfin, il aurait l'occasion de voir ce fameux shérif. Et aussi de vérifier si sa voiture n'aurait pas, par hasard, trois pneus à cinq nervures et un à quatre.

Que ferait-il, dans ce cas?

Assis sur sa pierre préférée, sous son palmier préféré, il évoqua de nouvelles possibilités. Retourner sur la route, implorer l'aide d'un automobiliste en lui disant que le shérif l'avait dévalisé et en espérant que l'automobiliste ne serait pas un ami de celui-ci. Ou s'adresser au shérif d'homme à homme, raconter qu'il était lui-même un personnage fort connu dans son pays – un écrivain célèbre, peut-être – et que sa disparition ferait du bruit, d'autant plus qu'il avait téléphoné chez lui de Junior's Last Run et que les recherches se porteraient forcément sur cette région, puis l'assurer que, s'il faisait activement rechercher son Westfalia et ses effets personnels, tout se terminerait bien pour tout le monde.

En inventant ces scénarios et d'autres encore, il tendait l'oreille à tout bruit de voiture annonçant l'arrivée du shérif.

Ce fut plutôt un hennissement qui mit un terme à ses réflexions. Un beau, grand, strident hennissement. Il se retourna vers la maison, se tapit derrière le rocher. Et il vit arriver le shérif Justin Case, à cheval. C'était bien l'homme qu'il avait vu sur les affiches «JUST IN CASE VOTE». Il avait toutefois la mine moins patibulaire que sur la photo.

Deux choses seulement permettaient de le distinguer d'un cow-boy bedonnant relégué au chômage. D'abord, une étoile à six pointes, bien astiquée, qui brilla sous le dernier éclat du soleil couchant. Et aussi un grand chapeau sur lequel étaient peintes des étoiles blanches sur fond bleu et des bandes blanches et rouges, proclamant que Justin Case était un vrai patriote. Heureusement, ces décorations qui auraient pu lui donner un air de cow-boy d'opérette étaient à demi effacées par la pluie et le soleil. Et c'est tout juste si son chapeau de quarante litres (on disait bien un *ten-gallon hat* en anglais) n'avait pas l'air de sortir d'une chic boutique de Nouvelle-Angleterre.

Le shérif descendit de cheval avec aisance et enroula nonchalamment la bride autour de la balustrade du balcon avant de monter les trois marches et d'entrer sans frapper.

Il ressortit après le coucher du soleil, remonta à cheval avec la souplesse de quelqu'un qui a fait ça toute sa vie, et repartit en faisant hennir son cheval.

Quelques minutes plus tard, la femme sortit à son tour et vint retrouver Benjamin Tardif, assis sur sa pierre.

— Vous avez bien fait de vous cacher. Il y a des étrangers qu'on lui a signalés dans la région. Il m'a dit que s'il en voyait, il leur tirerait dessus à vue.

— Il porte toujours un chapeau comme ça ?

— Comment ?

— Avec le drapeau.

Elle se mit à rire, d'un gloussement plutôt agréable à écouter.

— C'est son chapeau de campagne électorale, dit-elle lorsqu'elle eut repris son sérieux. C'est ce chapeau-là qui l'a fait gagner trois fois déjà.

— Mais son adversaire, lui aussi, n'a qu'à arborer le drapeau américain.

— Il a pas d'adversaire.

— Vous voulez dire que Justin Case fait une campagne électorale même s'il est le seul candidat?

— Justin Case croit à la démocratie. Il dit que voter, c'est ce qui nous distingue des Cubains et des Mexicains.

— Et vous allez voter pour lui?

— Bien sûr : pour qui d'autre je pourrais voter?

Et elle se remit à rire d'un beau grand rire sonore qui le fit sourire. Elle allait se retourner encore une fois pour rentrer, lorsqu'il la retint par le bout de sa jupe.

— Qu'est-ce qu'une fille comme vous fait dans un endroit comme ça?

— Vous êtes pas le premier à me demander ça, mais ça vous regarde pas. Ça vous intéresse même pas, de toute façon.

— Oui, ça m'intéresse. Je ne comprends pas comment vous pouvez survivre en ne faisant le plein qu'à une ou deux voitures par jour.

— J'ai pas besoin de grand-chose. Une boîte de *chili*, du pain, du café. Des vêtements neufs, des fois, quand je me mets au régime.

Elle se remit à rire. «Elle a dû boire un coup avec le shérif», songea-t-il.

— Et puis, l'été, quand tout le monde va en vacances à Badernia, je fais de très bonnes affaires. Des fois, dix, même vingt pleins par jour. Et surtout du super. Ça rapporte.

— C'est à vous, la maison et la...

Il hésita à dire « station-service », mais le dit quand même parce que l'expression anglaise pour « poste d'essence » ne lui vint à l'esprit qu'une fois qu'il eut posé sa question.

— C'était à mon mari. Mais quand il est mort, c'est moi qui ai tout eu.

Elle disait cela avec une fierté évidente et en soulignant trois fois le mot « everything ». Sans doute n'avait-elle jamais eu grand-chose à elle dans la vie.

— Pourquoi n'avez-vous pas tout vendu ?

— Ça valait presque rien. Mais Justin m'a dit que cela vaudra beaucoup d'argent un jour, quand ils feront l'auto-route 95. Tout le trafic qui va vers la côte et le Mexique passera par ici, parce que c'est bien plus joli et ce sera plus court. Je ferai construire un gros libre-service et on vendra des pleins camions-citernes tous les jours.

Dans la pénombre, ses dents blanches étincelaient à la perspective de vendre tant d'essence en si peu de temps.

— Et si l'autoroute n'est jamais...

Elle l'interrompit.

— Il faut que j'aille me coucher. Je travaille, moi, demain matin.

Elle avait dit cela avec le souverain mépris qu'ont les gens qui travaillent à l'égard des fainéants.

Il eut envie de lui dire qu'il travaillait comme un fou six mois par année, et que, sur douze mois, cela lui faisait sûrement bien plus d'heures de travail qu'elle n'en passait jamais à faire le plein d'essence, même en période de pointe sur la route de Badernia. Mais elle était déjà hors de portée de voix, de l'autre côté de la porte moustiquaire sans moustiquaire.

Le quatrième jour

*P*our la première fois depuis qu'il était sur cette plage, Benjamin Tardif prit le temps, ce matin-là, d'admirer le soleil. Non pas que celui-ci n'eût pas été digne d'admiration les deux premiers matins. Mais il avait enfin envie de prendre son temps, de regarder le disque rouge et rond du soleil émerger à l'horizon.

Au-dessus de lui, un grand vol de cormorans passa sans bruit. Un peu plus loin, un grand héron perché sur un rocher, tête rentrée dans les épaules, semblait examiner la scène avec mauvaise humeur.

Conscient qu'il avait une attitude semblable, Benjamin Tardif se redressa juste au moment où la femme vint lui porter son café et quatre tranches de pain, nettement plus fraîches que celles de la veille.

— Le boulanger est passé hier?

— J'ai du pain frais presque toutes les semaines.

Sur ce, elle lui tourna le dos et s'éloigna de sa démarche ondulante, dans une robe rose toute propre qu'il ne lui avait jamais vue ou qu'il ne s'était pas encore donné la peine de remarquer. Elle avait sous le bras un journal tout frais –

toujours le *Natural Enquirer* – qu'avait dû lui apporter la personne qui avait livré le pain.

Sitôt son déjeuner terminé, Benjamin Tardif se mit en marche dans ses mitaines percées.

Était-ce sa hâte ou le fait qu'il s'habituait à marcher rapidement sur les rochers avec ses mitaines trouées ? En tout cas, il eut l'impression d'arriver beaucoup plus rapidement que la veille à l'endroit où on lui avait volé le Westfalia.

Il chercha à quel endroit un cheval avait pu être caché. Il n'y en avait qu'un, de l'autre côté de la route, à deux ou trois cents mètres : un bouquet de petits arbres arc-boutés contre le vent qui soufflait du golfe et suffisamment hauts pour dissimuler un cheval pas trop grand.

Il traversa rapidement la route et marcha jusqu'au bouquet d'arbres en se penchant.

Il en avait été sûr ! Le sable sous les arbres portait des milliers d'empreintes de fers à cheval, comme si toute la cavalerie confédérée avait campé là pendant six mois. Il était impossible de dire s'il s'agissait d'un seul cheval ou de plusieurs. Toutes les traces semblaient provenir de fers semblables. Mais Benjamin Tardif avait enfin sous les yeux la preuve que Justin Case lui avait subtilisé tout ce qu'il possédait. Ou, à tout le moins, qu'il avait pu le faire.

Il ne tira rien de plus de son examen des empreintes de cheval. Rien qui pût distinguer celles-là des traces de milliers d'autres chevaux. Il jetait souvent un coup d'œil de l'autre côté des arbres, vers la route, pour voir si des voitures venaient. Jamais un instant il ne songea que quelqu'un pouvait arriver de l'autre côté, par le désert.

— Vous cherchez quelque chose ? fit une voix derrière lui.

Il se retourna si rapidement qu'il faillit se donner un tour de reins. C'était Justin Case, toujours avec son chapeau garni d'étoiles, sur son cheval doré, qui lui demandait : «Lookin' for somethin', stranger ?»

— Ne tirez pas. Je ne suis pas chicano. Je suis canadien.

Le shérif Justin Case dut être ébranlé par cet argument, car il ne dégaina aucun des deux revolvers qu'il portait à sa ceinture.

— Jamais tué un Canadien de ma vie. Pas un Mexicain non plus.

— Ce n'est pourtant pas ce qu'on raconte.

Sitôt dites, Benjamin Tardif regretta ces paroles. Ce n'était pas le temps de provoquer le shérif. Et encore moins de lui laisser entendre qu'il avait pu faire la connaissance de sa maîtresse.

— C'est à cause de la campagne électorale, dit Justin Case.

Il avait dit «That's election talk», comme si on pouvait se vanter dans des discours électoraux de tuer des Mexicains.

— Plus il y aura d'imbéciles qui croiront que c'est grâce à moi qu'il y a pratiquement pas un Chicano dans le comté, plus je serai sûr de gagner mes élections.

— C'est facile, quand on n'a pas d'adversaire.

Encore une fois, Benjamin Tardif se mordit la langue. Il était presque nu, en plein désert, devant un shérif ultra-louche, et il osait discuter avec lui. Le shérif n'avait qu'à dégainer, lui tirer une balle dans la cervelle et l'enterrer dans le sable. Il faudrait des semaines avant que sa famille se rende compte de son départ ; des années avant qu'on retrouve son cadavre ; des siècles avant qu'on découvre son assassin...

— C'est justement parce que quelques personnes pensent que je tue des Chicanos que je n'ai pas d'adversaire et que je gagne mes élections.

Benjamin Tardif se contenta cette fois de sourire au shérif, d'un sourire qu'il s'efforça de rendre le plus niais et le plus inoffensif qu'on eût jamais vu sur terre depuis la retraite du président Carter.

— Vous pensez aller loin comme ça, dans le désert ?

— J'aimerais bien rentrer chez moi, mais on m'a volé mon véhicule et tout ce que je possède.

— Il est comment, votre véhicule ?

— C'est un fourgon de camping. Un Westfalia. Vous savez, la petite caravane motorisée dont le toit s'ouvre comme ça ?

Justin Case ne parut aucunement intéressé par les gestes de Benjamin Tardif décrivant la manière dont s'ouvrait le toit du véhicule.

— Quelle couleur, votre Wasfoolia ?

— Une espèce de rouge, répondit Benjamin Tardif sans pouvoir cacher son embarras.

— *A shade of red ?* répéta le shérif. Et vous en avez parlé à quelqu'un, de la disparition de vos affaires ?

C'était de plus en plus embarrassant. Lui dire qu'il n'en avait parlé à personne, c'était l'inviter à le tuer. Lui dire qu'il en avait parlé à sa maîtresse risquait d'avoir le même effet.

— J'en ai parlé à tout le monde que j'ai rencontré, dit-il stupidement après avoir hésité plus qu'il ne lui semblait raisonnable.

— Vous êtes un fieffé menteur.

Le shérif n'avait pas dit «fieffé», mais plutôt «darn», ce qui revenait au même.

— Si vous aviez parlé à quelqu'un du vol de votre soi-disant véhicule, cette personne-là en aurait parlé aux autorités, c'est-à-dire à moi. Comme j'en ai pas entendu parler, c'est que vous en avez parlé à personne.

— En fait, mentit de nouveau Benjamin Tardif, j'ai téléphoné à mon éditeur il y a trois jours et je lui avais promis de le rappeler hier. Je suis sûr qu'il va envoyer quelqu'un à ma recherche, parce que je lui ai dit que j'étais à Junior's Last Run.

— Comme ça, vous préférez que je vous laisse tranquille, à moitié nu dans le désert?

— Ce n'est pas ce que je voulais dire, protesta Benjamin Tardif même si c'était précisément ce qu'il voulait dire.

Le shérif se tut, manoeuvra son cheval de façon à le placer entre le soleil et son interlocuteur. Cela faisait de l'ombre à Benjamin Tardif, ce qui n'était pas désagréable, mais plaçait le shérif à contre-jour et forçait son interlocuteur à cligner des yeux pour le voir clairement.

— Écoutez, j'ai une proposition à vous faire, dit enfin Justin Case après avoir fait semblant de réfléchir pour montrer que c'était une proposition mûrement réfléchie.

— Oui?

— Il y a pas loin d'ici une jeune femme qui possède un poste d'essence et un bon bout de désert tout autour.

— Oui ? fit Benjamin Tardif sur le ton le plus interrogatif qu'il pouvait.

— Son poste d'essence ne vaut strictement rien. Sauf que je viens d'apprendre – mais pas elle – que la compagnie Exxon… Vous connaissez Exxon ?

— Oui, je connais très bien, dit Benjamin Tardif comme si tout le conseil d'administration de la compagnie jouait au golf avec lui tous les jours.

— La famille Exxon est dans le pétrole depuis des siècles. Eh bien, ils ont fait des recherches géologiques aériennes dans les environs. Et ils sont convaincus qu'il y a plein de pétrole par ici.

— Votre amie va être riche, alors ?

— Qui vous a dit que c'était mon amie ?

— J'ai tout simplement cru que…

— Il est vrai qu'elle est mon amie. Elle a même fait de moi son légataire universel. Y a qu'un problème : elle est vivante.

— Je serais incapable de tuer quelqu'un.

— Je vous demande pas de la tuer. Je fais pas faire mes jobs par les autres. Mais j'ai besoin d'un suspect.

— Moi ?

— Exactement. Rien qu'à vous voir, on voit bien que vous êtes le suspect idéal du meurtre d'une pauvre femme noire qui vit toute seule.

Benjamin Tardif se considéra en baissant les yeux. Effectivement, il avait, avec sa culotte trop grande, son chemisier à franges et ses mitaines sales passées à la ceinture, l'accoutrement du suspect idéal pour pratiquement n'importe quel crime, du plus banal au plus démoniaque.

— Y a qu'un problème, ajouta Justin Case.

— Lequel ?

— Personne vous a vu.

— Comment le savez-vous ?

— Si quelqu'un vous avait vu, je l'aurais su.

Benjamin Tardif eut envie de lui dire que la femme l'avait vu. Mais il n'était pas sûr que cela ne lui causerait pas plus d'embêtements encore.

— Le mieux, poursuivit le shérif, serait que je vous laisse courir encore jusqu'à ce soir, en direction de Junior's Last Run, pour que des gens vous voient rôder dans les environs. Mais je m'arrangerai pour que vous soyez pas arrêté. Je vous donnerai même des vêtements et assez d'argent pour téléphoner où vous voudrez et disparaître rapidement. Mais moi, j'aurai mon suspect, une espèce d'étranger fou que des automobilistes auront vu rôder le long de la route. J'enverrai votre signalement au FBI. Vous, vous serez déjà dans l'autobus pour El Paso. Et vous serez plus habillé d'une chemise de femme et de mitaines de Père Noël.

— Ce sont des mitaines pour la cuisine.

— Ah bon ?

Cette explication, cela se voyait, n'intéressait aucunement le shérif.

— Et si je refuse ?

— Vous me laissez plusieurs choix. Je peux vous tuer tout de suite et vous enterrer dans le désert là où même monsieur Doubleday mettrait cent ans à vous retrouver. Ou je peux vous laisser filer, tuer la femme et m'arranger pour vous rattraper et vous faire condamner pour meurtre. En fait, je peux parfaitement me passer de votre permission pour mener à bien mon projet. Mais, si vous acceptez, je vais dès maintenant vous chercher des vêtements à peu près convenables, et vous aurez la chance de sortir de ce coin de pays avant que le soleil vous transforme en poulet frit. Et, au cas où vous songeriez à prévenir la femme, sachez que je vais de ce pas la prévenir qu'un maniaque dangereux est en train de patrouiller la région et qu'elle devrait vous tirer dessus si vous approchez d'elle.

— Si je comprends bien, vous me donnez le choix entre vous laisser la tuer et me sauver, ou vous laisser la tuer et me faire condamner pour meurtre ?

— C'est ça. Qu'est-ce que ce sera : le numéro un ou le numéro deux ?

— Le numéro un.

— Très bien. Je vais vous chercher des vêtements et je reviens tout de suite.

Son cheval hennit et partit au galop dans le désert.

Le shérif revint peu après et lui lança un paquet avant de repartir aussitôt dans la même direction.

Le paquet contenait une bouteille de Pepsi-Cola remplie d'eau, une chemise rouge à manches courtes, une paire de chaussures sans chaussettes et un jean délavé non lavé, qui sentait la croupe de cheval et le cul de cow-boy.

Cela n'empêcha pas Benjamin Tardif de mettre ces vêtements et d'enterrer dans le sable la culotte trop grande, la chemise à franges et même les mitaines qui l'avaient pourtant servi du mieux qu'elles avaient pu.

Dans la poche arrière du jean délavé, il trouva une pièce de vingt-cinq cents. De quoi téléphoner à frais virés à son frère et lui demander de lui télégraphier de l'argent à Junior's Last Run. Il n'avait même pas envie de parler à la police. Il était prêt à tout oublier : le Westfalia, tout son matériel et les quelques centaines de dollars en chèques de voyage qu'il gardait cachés sous le tapis à l'arrière de la cabine. Oui, tout oublier, à condition de sortir de cet endroit infernal et de cette situation abominable.

Il se mit en marche – d'abord dans la direction que lui avait conseillée le shérif. Mais il ne fit qu'une centaine de pas avant d'être assailli de doutes. Si le shérif l'attendait un peu plus loin, pour l'abattre ou l'appréhender pour vol de vêtements, ou sous tout autre prétexte qu'il pourrait inventer ?

Il s'arrêta, fit du regard un tour d'horizon. Dans l'autre direction aussi, il y avait une petite ville à une cinquantaine de kilomètres. En longeant la route, il y serait au début de la soirée à condition de marcher d'un bon pas. À moins que le shérif n'eût prévu qu'il partirait dans la direction opposée à celle qu'il lui avait suggérée ?

Il avait déjà fait quelques pas dans cette direction. Il revint dans l'autre avant de changer d'avis encore. Le comté du shérif s'étendait-il jusqu'à Badernia au sud ? Sinon, il serait possible de prévenir la police de Badernia des intentions du shérif et peut-être d'éviter l'assassinat de la femme. Après tout, elle avait été plutôt gentille, lui avait donné de l'eau, du *chili*, du pain et du café imbuvable mais qui était du café quand même.

«Si je change de direction tout le temps, je serai encore là à minuit», se dit-il enfin. Et il continua résolument dans la direction où il venait de faire ses derniers pas. C'était le sud – la direction de Badernia.

Il s'efforçait de marcher dans le désert, juste assez près de la route pour ne pas la perdre de vue. Ce n'était pas toujours facile, parce que le soleil brûlant se réfléchissait dans le sable en mirages qui ressemblaient à des flaques d'eau et il confondait parfois ces mirages avec la chaussée, et devait alors revenir sur ses pas jusqu'à ce qu'il eût repris le contact visuel avec la route. Mais cela ne l'empêchait pas de progresser rapidement.

Il prit quelques gorgées d'eau chaude dans la bouteille de Pepsi-Cola, puis les cracha aussitôt. «Si le shérif a mis du poison dans l'eau?» se demanda-t-il angoissé. Mais il n'avait aucun moyen de le savoir et il lui sembla préférable de prendre le risque de mourir empoisonné plutôt que d'avoir la certitude de mourir de soif. Il reprit quelques gorgées d'eau, qu'il avala en frissonnant.

C'est peu après qu'il aperçut de loin la silhouette du poste d'essence avec sa grande enseigne de tôle. À cette heure-là, la femme était probablement rentrée chez elle. Si elle n'était pas déjà morte.

Comment le shérif la tuerait-il ou l'avait-il déjà tuée, de façon à laisser croire qu'il s'agissait d'un maniaque étranger de passage en ses terres? Des images de femme éventrée le firent frémir.

Peut-être était-il encore temps de la sauver? Il n'avait pas d'arme, mais à deux ils pourraient résister au shérif, ou, s'il n'était pas encore arrivé, fuir par la mer en se laissant descendre dans le courant, là où Justin Case ne pourrait pas les suivre à cheval.

Sans doute le soleil lui avait-il fortement tapé sur la tête, car la perspective de jouer les héros le séduisit tout à coup et il mit le cap sur le poste d'essence.

Il espérait y trouver un outil – une grosse clé anglaise, par exemple – ou n'importe quel objet susceptible de servir d'arme défensive ou offensive, ou du moins de faire impression. Malheureusement, le poste d'essence était totalement dénué de tout outil et même de tout objet amovible qui n'avait pas déjà été enlevé. Il tenta vainement d'arracher les becs verseurs en forme de pistolet au bout des boyaux d'essence. Mais il lui aurait justement fallu une grosse clé anglaise pour les arracher.

C'est donc bravement et totalement désarmé qu'il traversa la route et s'engagea dans le chemin de la maison. Il marchait rapidement, en se penchant, de buisson en buisson.

Il commençait à faire noir, et il y avait une lueur dans la maison : la lampe à pétrole. Le cheval du shérif n'était pas là, mais une voiture de shérif était garée au bout du chemin. S'il n'avait pas fait si sombre, Benjamin Tardif se serait penché pour examiner les pneus et s'assurer que, comme il en était convaincu, le pneu avant droit avait quatre nervures et les autres cinq. Il s'approcha silencieusement de la maison, jeta un coup d'oeil par la fenêtre, s'attendant à voir le shérif penché sur le cadavre éventré de la femme noire. Mais non : ils étaient tous deux assis à la table, la lampe entre eux, comme pour une conversation d'amoureux.

«Dieu merci, j'arrive à temps», pensa-t-il. Mais cela ne changeait rien au fait qu'il était toujours désarmé. Il passa par la plage, ramassa une pierre qui lui semblait susceptible de constituer une arme efficace si on la projetait avec suffisamment de force sur une partie suffisamment vulnérable de l'anatomie humaine. Il monta à quatre pattes sur le balcon, en espérant que les planches ne grinceraient pas. Puis il se redressa doucement, poussa violemment de son épaule contre la porte et s'élança dans la pièce en brandissant sa pierre.

— Ne bougez pas ou je vous fracasse le crâne, criat-il en s'arrêtant à un pas du shérif, pierre brandie juste au-dessus du chapeau de cow-boy au motif de drapeau américain.

Le shérif le regarda en souriant.

— Soutinelle, on dirait bien que tu as gagné ton pari.

Tiens, elle s'appelait Soutinelle ? Drôle de nom. À moins que ce ne soit Sentinelle ou autre chose de ressemblant ? Mais de quel pari était-il question ?

— Quel pari ? demanda Benjamin Tardif à Soutinelle ou Sentinelle ou quelque chose de ressemblant.

— J'ai gagé cinq dollars, répondit le shérif, qu'on vous reverrait jamais après l'histoire que je vous ai racontée. Soutinelle était convaincue que vous alliez revenir pour la sauver. Parce que c'est bien pour ça que vous êtes revenu, non ?

Interloqué, Benjamin Tardif garda sa pierre brandie au-dessus de la tête du shérif.

— Il veut vous tuer, dit-il à l'intention de Soutinelle.

Celle-ci fut prise d'un tel fou rire qu'il se demanda s'il avait toujours raison de garder cette pierre au-dessus du chapeau du shérif. Mais il tint bon et ne se laissa pas désarmer par le fait que la victime appréhendée était en train de mourir de rire.

Soutinelle continua de rire pendant une bonne minute encore, pendant que le shérif regardait Benjamin Tardif avec un grand sourire ironique.

— Vous voulez que je vous explique ? dit enfin le shérif.

— Essayez toujours.

— Voilà. Soutinelle en avait assez de vous voir tourner autour de chez elle. Elle avait beau vous donner le plus mauvais café qu'elle est capable de faire et vous nourrir de rien d'autre que du *chili* en conserve et du vieux pain, vous restiez là comme un poteau de télégraphe. J'ai alors mis au point cette histoire pour vous faire fuir. J'étais sûr qu'on vous reverrait jamais plus, et que cela me coûterait qu'une pièce de vingt-cinq cents et de vieux vêtements même pas lavés. Mais Soutinelle a parié que vous reviendriez pour la sauver. Et elle a gagné. Elle connaît les hommes comme pas une, Soutinelle.

Benjamin Tardif regarda Soutinelle – ça semblait bien être Soutinelle, à l'entendre prononcer une quatrième fois. Entre deux crises de fou rire, celle-ci fit signe de la tête que oui, tout cela était vrai.

Mais les explications du shérif n'expliquaient pas tout à la satisfaction de Benjamin Tardif.

— Pourquoi n'avez-vous pas fait enquête sur le vol de mon Westfalia, comme votre métier vous le demandait ?

— Parce que c'est moi qui l'ai volé, imbécile d'idiot de crétin.

Il avait dit «dummy» et non «imbécile», «idiot» ou «crétin», mais cela voulait dire les trois ensemble.

Benjamin Tardif en eut froid dans le dos. Si Justin Case lui avouait si aisément lui avoir volé son véhicule et tout ce qu'il possédait, ce ne pouvait être que parce qu'il projetait de se débarrasser de lui une fois pour toutes. Il remonta la pierre au-dessus de la tête du shérif.

— Ne craignez rien, fit celui-ci. Il est en parfaite santé, le Wasfoolia. Même qu'il est beaucoup plus beau qu'avant.

— Plus beau ?

— Vert de course britannique, c'est bien mieux que rose fifi, non ?

Il avait dit «british racing Green» et «sissy pink».

— J'ai toujours rêvé d'avoir une voiture de sport vert de course britannique, expliqua-t-il. Je sais bien que c'est pas une voiture de sport, votre machin. Mais la bonne couleur, c'est toujours ça de pris.

— En fait, fit Soutinelle en baissant honteusement la tête, c'est moi qui voulais votre Wasfoolia. Ça fait des années que je rêve de partir d'ici dans une caravane motorisée. Et quand Justin m'a dit qu'il en avait trouvé une abandonnée sur le bord de la route, je lui ai dit que je la voudrais bien.

— Abandonnée sur le bord de la route ! s'indigna Benjamin Tardif.

— Une voiture avec les clés et les enregistrements trouvée sans la garde d'un conducteur le long d'un chemin public est un véhicule abandonné, répliqua Justin Case comme s'il récitait par coeur un extrait du code de la route du Texas.

— On est donc retournés ensemble dans le Wasfoolia, poursuivit Soutinelle, chercher le cheval de Justin. C'est seulement après, quand je vous ai vu arriver, que j'ai compris que le véhicule avait pas été tout à fait abandonné. Mais de vous le rendre aurait pu causer des ennuis à Justin. Alors, on a décidé de vous encourager à partir, tout simplement. Vous m'aviez dit que vous auriez de l'aide en téléphonant à votre frère dans le Nord. Vous risquiez rien. Justin était sûr que vous seriez parti pour de bon. Moi, quelque chose me disait que vous reviendriez.

— Voilà. C'est pas plus compliqué que ça, conclut Justin Case.

«That's all there is to it!» avait-il dit sur le ton de la plus grande bonhomie, comme s'il venait de trouver la solution à un problème aussi peu pressant que le mystère des statues de l'île de Pâques.

Cela redonna à Benjamin Tardif l'envie de descendre sur le crâne chapeauté du Texan la pierre qu'il tenait à la main.

On l'avait laissé nu pendant trois jours au bord de la mer. On lui avait fait manger de la saloperie de *chili con carne* en conserve et on avait été jusqu'à faire un effort délibéré pour lui refiler du mauvais café. On lui avait même peint son Westfalia en vert sans lui demander la permission. Et c'était «tout ce qu'il y avait là»?

— Écoutez, dit-il en serrant les dents. Je vais être bon garçon. Vous allez me rendre mon Wasfoolia, comme vous dites. Et mon passeport. Et mes cartes de crédit. Et tout ce qui était dedans. Après ça, vous allez me laisser partir tranquille et on n'en parlera plus. J'espère ensuite ne plus jamais entendre parler de vous jusqu'à la fin de mes jours et je vous jure que je ne passerai plus jamais à moins de mille kilomètres de votre maudit patelin si c'est un patelin. Et si vous vous approchez à moins de mille kilomètres du mien, je vous jure que je vous écrabouille à coups de pierre, l'un comme l'autre.

Sur ces paroles, il jeta la pierre sur la table. Elle rebondit bruyamment, roula d'un bout à l'autre de la table avant de tomber tout aussi bruyamment sur le plancher. Il y eut un long moment de silence, pendant lequel Soutinelle et Justin Case échangèrent un coup d'oeil entendu, signifiant très clairement «le pauvre jeune homme, il faut le comprendre, le soleil lui est tombé sur la tête».

— Oui, je vais vous le rendre, le Wasfoolia, concéda enfin Justin Case. Parce que je suis un bon diable.

Il s'était qualifié de «nice guy» et son interlocuteur ouvrit la bouche pour protester. Mais le shérif ne lui donna pas le temps de prendre la parole.

— Autrement, si je vous montre pas où il est, vous le trouverez jamais. Et c'est pas parce que j'ai peur de la justice. Vous convaincrez jamais personne que j'ai volé quelque chose. Parce que tout le monde sait que j'ai jamais rien volé à personne, et surtout pas aux touristes, parce que je sais que le tourisme, c'est l'avenir de ce coin de pays.

— Les touristes? Je n'en ai pas vu un seul.

— Ça viendra. Je disais donc que je vais vous rendre le Wasfoolia. Cela devrait vous faire plaisir.

Il disait toujours «the Wasfoolia», pas «your Wasfoolia», comme pour souligner que ce véhicule lui appartenait, à lui, autant qu'à n'importe qui.

— Il y a une condition, ajouta-t-il.

— Une condition?

La voix de Benjamin Tardif avait encore monté d'un ton. Il y avait une condition, maintenant !

— Soutinelle n'a jamais vu la Californie. Et je gage que vous allez en Californie. Tous les étrangers qui passent ici vont ensuite en Californie, sauf ceux qui l'ont vue avant.

— Et vous voulez que j'emmène Soutinelle !

Benjamin Tardif regardait la femme, qui sourit innocemment et acquiesça de la tête.

— Oh, elle paiera son écot, précisa Justin Case. Dix dollars par jour par personne, ça devrait aller ?

Benjamin Tardif ne fit attention au «per head» employé par le shérif.

— Je ne suis pas dans les voyages organisés, protesta-t-il.

— Seulement jusqu'en Californie. Elle fera à manger. Elle prépare le meilleur *chili* de tout le Texas, vous savez.

— Les conserves, c'était seulement pour vous faire partir, expliqua doucereusement Soutinelle.

— Elle peut faire le ménage.

Benjamin Tardif regarda autour de la pièce et cela lui suffit pour décider de ne jamais confier à Soutinelle le ménage du Westfalia. Aussi bien laisser à un ouragan le soin de ramasser les feuilles mortes sur la pelouse d'un cimetière.

— Elle reprise les chaussettes, aussi. On dirait des neuves. Regardez.

Le shérif enleva sa chaussure gauche, retira sa chaussette et la tendit par-dessus la table à Benjamin Tardif, qui ne daigna pas la prendre. Le shérif hocha la tête et laissa tomber la chaussette sur la table.

— Écoutez, traverser le désert, le Nouveau-Mexique, l'Arizona et la Californie sans personne à qui parler, c'est pas bon pour un homme. D'autant plus que si vous emmenez pas Soutinelle, vous devrez traverser le désert à pied, parce que si vous l'emmenez pas, je vous dirai jamais où est caché le Wasfoolia.

— Bon, d'accord. Je veux bien essayer. Trois jours. Mais je me réserve le droit de continuer mon chemin tout seul si ça ne fait plus mon affaire après trois jours.

— Ouais, ça me semble un bon compromis. Je suis sûr que ça va vous plaire, d'avoir de la compagnie.

Sur ce, il remit sa chaussette et sa chaussure, se leva et déclara :

— Allons-y !

Ils sortirent et montèrent tous les trois sur la banquette avant de la voiture du shérif, Soutinelle au milieu. Le shérif fit rapidement marche arrière jusqu'à la route. Benjamin Tardif se retournait et ne voyait rien que des arbustes et des buissons partout, mais le shérif les évitait avec habileté, en ne regardant que dans son rétroviseur. Il était évident qu'il était souvent allé chez Soutinelle et qu'il en était souvent reparti en marche arrière.

Sur la route, il mit en marche avant et fonça dans la nuit avec une rapidité telle que le petit tour en marche arrière ressemblait maintenant à une promenade du dimanche dans une Lada conduite par une grand-mère myope qui vient de s'apercevoir qu'elle a oublié ses lunettes.

— Vous voulez que je mette de la musique ? offrit le shérif.

Sans attendre la réponse, il mit la sirène en marche. Au niveau le plus élevé, sembla-t-il à Benjamin Tardif, qui ne se serait jamais douté auparavant qu'une sirène de police pût avoir une commande de volume. Et ils foncèrent sur la route pendant un bon quart d'heure sans rencontrer personne, jusqu'à un petit chemin qu'ils prirent sans ralentir sensiblement. Quelques centaines de mètres plus loin, le shérif freina en faisant joliment voler un nuage de poussière qui subsista autour d'eux bien après qu'ils furent descendus de voiture.

Ils étaient dans un dépotoir. Le plus malodorant dépotoir qu'il eût jamais été donné à Benjamin Tardif de voir et surtout de sentir.

— C'est un ancien dépotoir, expliqua le shérif.

— Il sent comme un neuf, répliqua Benjamin Tardif.

Soutinelle trouva cela très drôle et se mit à rire d'un fou rire incontrôlable.

— Le Wasfoolia est quelque part par là, expliqua encore le shérif en pointant sa lampe de poche vers le milieu du dépotoir.

Benjamin Tardif le suivit parmi les ordures. Des oiseaux de grande taille s'enfuyaient à leur approche. D'autres restaient là. Des animaux qu'il ne pouvait identifier se retournaient vers eux et se remettaient aussitôt à fouiner dans les déchets.

Lorsque l'odeur devint absolument suffocante, le shérif pointa vers un tas de détritus plus gros que tous les autres.

— Le voilà ! triompha-t-il.

Des planches, des morceaux de placoplâtre et d'autres matériaux de construction avaient été rassemblés en un petit monticule, sous lequel pouvait effectivement se dissimuler un Westfalia.

— Personne aurait jamais eu l'idée de venir le chercher là, dit Justin Case comme si ce n'avait pas été l'évidence même.

Benjamin Tardif s'était déjà mis à déblayer les débris qui entouraient son véhicule.

— Ça va puer pendant dix ans.

— Non, pas tant que ça, le rassura le shérif. Dans le fond, vous avez de la chance de pas avoir la climatisation. Ça vous force à rouler en gardant les fenêtres ouvertes. L'odeur sera vite partie.

Effectivement, le Westfalia était devenu vert, peint avec un rouleau qui lui avait donné une surface granuleuse. Si Benjamin Tardif n'avait pas dû se boucher le nez d'une main en achevant de dégager le Westfalia, il aurait sûrement étranglé le shérif.

Il ouvrit enfin la portière de gauche.

— Et mes affaires ?

— Par là, dit le shérif. J'ai une sacrée mémoire.

Il pointait vers un autre monticule de détritus, à peine plus gros que les autres.

Il leur fallut une bonne demi-heure, à tous les trois, pour dégager complètement le Westfalia et y mettre les bagages de Benjamin Tardif, qui en profita pour se changer dans la fourgonnette.

— Et mes papiers ? demanda-t-il en ressortant.

— Dans la boîte à gants. Les chèques de voyage, je les ai laissés sous le tapis. Il en manque presque pas.

— Ça ira. Mais comment je vais sortir d'ici ?

— Avec ça, dit le shérif en brandissant une grosse corde qu'il avait prise dans le coffre de sa voiture.

Il attacha un bout du câble sous sa voiture et l'autre sous le Westfalia. Benjamin Tardif se mit au volant, en marche arrière, et de peine et de misère ils réussirent à ramener le véhicule sur la route.

— Comment avez-vous fait pour l'envoyer si loin ?

— J'ai poussé à fond dans le chemin. À cent vingt kilomètres / heure, le Wasfoolia volait presque dans les ordures. Un vrai quatre sur quatre.

Pour revenir à la maison de Soutinelle, celle-ci prit place sur le siège du passager du Westfalia. Elle semblait enchantée de la perspective de visiter ainsi la Californie. Le shérif suivait dans sa voiture.

Même en ouvrant toutes les fenêtres, l'odeur était insoutenable. Benjamin Tardif portait presque toujours les doigts de sa main gauche à son visage pour se boucher le nez.

Une fois rendu chez Soutinelle, il était deux heures du matin. Benjamin Tardif insista pour coucher dans ses draps, sur la banquette-lit du Westfalia, qui lui sembla plus confortable que jamais, et surtout infiniment plus confortable que le sable de la plage. En plus des fenêtres, il laissa ouvertes la porte du côté et celle de l'arrière.

Le shérif et Soutinelle allèrent dormir à l'intérieur, après lui avoir enlevé la clé de contact.

— Juste au cas où vous seriez tenté de nous fausser compagnie.

Benjamin Tardif avait un autre jeu de clés, fixé à l'essieu du Westfalia par un bout de fil de cuivre. Mais il était trop fatigué pour partir en pleine nuit. Il s'endormit comme un ange, dès que ses narines furent, d'épuisement, devenues insensibles aux odeurs.

Le cinquième jour

J uste au moment où ses narines reposées se remettaient à protester contre les effluves du Westfalia que la fraîcheur de la nuit n'avait guère modérés mais que la chaleur du matin stimulait de plus belle, Benjamin Tardif fut éveillé par la voix du shérif feignant un ton aussi amical que s'ils avaient été élevés ensemble en tétant le lait de la même nourrice.

— On est prêts ! dit joyeusement le shérif.

Il passa par la porte avant et sauta sans le moindre souci d'élégance par-dessus le siège du passager pour se rendre sur la banquette arrière, transformée en lit, où Benjamin Tardif se frottait les yeux.

Soutinelle tendit deux valises au shérif et monta par l'ouverture de la porte coulissante. Elle enjamba, en sens inverse, le dossier du siège avant, révélant à qui était là pour les voir une paire de belles grandes jambes rasées de frais et une petite culotte toute propre, jaune comme sa robe.

— Vous venez avec nous, vous aussi, shérif ? bâilla Benjamin Tardif.

— Vous pensiez que j'allais laisser Soutinelle partir toute seule avec vous ? Ouvre le thermos, Soutinelle.

Soutinelle versa une première tasse de café, dont le shérif s'empara sans gêne. Benjamin Tardif eut droit à la deuxième tasse de café, brûlant pour une fois, mais aucunement différent de celui qu'elle lui avait servi sur la plage.

— Sacré bon café, non? suggéra le shérif avec un enthousiasme qu'il s'efforçait de rendre communicatif.

Benjamin Tardif, qui ne se sentait pas encore capable de participer à l'enthousiasme le plus communicatif, se contenta d'une grimace et rendit sa tasse de café au shérif. Il sortit par la porte coulissante qu'il referma derrière lui, fit le tour du Westfalia et monta par la porte du conducteur, en espérant que ses passagers suivraient son exemple et éviteraient dorénavant d'enjamber les sièges. Il mit le moteur en marche. Le Westfalia recula doucement dans le petit chemin.

— Une chance que c'est pas en marche arrière qu'on s'en va en Californie, grogna Justin Case.

Soutinelle se mit à rire comme s'il s'était agi d'une plaisanterie irrésistible et continua de glousser jusqu'au moment où le Westfalia, au milieu de la longue côte montant au Hilltop of the World, tomba en panne sèche.

— C'est pas possible ! geignit Benjamin Tardif. J'avais fait le plein à Junior's Last Run.

— C'est parce que je l'ai un peu siphonné, avoua Justin Case sur un ton plus proche de la vantardise que du remords.

— Vous avez siphonné un véhicule que vous alliez donner à votre petite amie ?

Benjamin Tardif avait dit «girlfriend», qui lui semblait plus convenable que «mistress». Ce n'est que trois secondes plus tard qu'il songea que «lover» aurait été le mot juste. Mais il était trop tard pour qu'il fût utile.

— Ce n'est pas ma petite amie, protestait Justin Case. C'est ma soeur.

Benjamin Tardif se tourna vers eux. Soutinelle était assise sur le siège du passager. Justin Case était accroupi derrière les sièges, au milieu. Leurs visages étaient à cinquante centimètres l'un de l'autre. Et jamais deux visages n'avaient semblé à Benjamin Tardif aussi dissemblables. Soutinelle était noire comme l'ébène, avec des traits tout à fait africains et des cheveux crépus réunis en fines tresses ornées, pour la première fois, de perles de plastique multicolores. Justin Case était rougeaud comme un Irlandais et n'avait pas le moindre trait négroïde. Des mèches de cheveux blond roux dépassaient sous son grand chapeau.

— Vous voulez rire de moi? demanda Benjamin Tardif.

— Pas du tout, l'assura Justin Case le plus sérieusement du monde.

En effet, Justin et Soutinelle Case étaient frère et soeur.

Quelque quarante ans plus tôt, John Case, un cow-boy irlandais, avait épousé une jolie Noire répondant au joli nom d'Anabelle Lachicotte. Ils n'eurent pas d'enfant, malgré de nombreuses tentatives, jusqu'au jour où John en conçut un avec une adolescente blanche, qui mourut en donnant naissance à un gros garçon qui, on l'aura deviné, devint Justin Case.

Anabelle, bonne fille, accepta de bonne grâce que son mari reconnût officiellement le garçon comme son fils, et témoigna à celui-ci les mêmes marques d'affection que s'il fût sorti de son propre corps. Mais un an plus tard, pour se venger ou parce qu'elle en avait envie, elle coucha avec un

Noir qui était venu réparer le balcon. Et, bien qu'elle se fût imaginée stérile, elle donna naissance, neuf mois plus tard, à une fille encore plus noire que Justin était blanc. John Case, qui avait bien quelques doutes sur sa paternité, n'en exprima jamais parce qu'il estimait, avec un minimum de sens de la justice, que sa femme n'était pas plus coupable que lui, si coupable elle était.

C'est ainsi que Justin et Soutinelle Case étaient, au sens de la loi, parfaitement et totalement frère et soeur, et qu'ils l'étaient aussi en leur coeur, ayant été élevés avec le senti-ment qu'ils avaient les mêmes parents et la même famille.

Une fois qu'on lui eut appris le pourquoi et le comment de la parenté de Justin et de Soutinelle, Benjamin Tardif se sentit un peu soulagé. La perspective d'entreprendre un voyage vers la Californie avec des gens qui étaient amant et maîtresse lui avait déplu, car elle lui avait donné l'impres-sion d'être la cinquième roue du carrosse. Il s'était vu, cha-que nuit, forcé d'abandonner galamment son lit quasi deux places aux deux amants, pour se contenter de dormir sur le siège du conducteur en s'efforçant de ne pas faire attention aux grincements de suspension occasionnés par les ébats de ses invités.

Mais cette découverte du lien de parenté de ses passa-gers ne mettait pas d'essence dans le Westfalia.

— Si on retournait au poste d'essence ? suggéra Justin Case. Je parie cinq dollars qu'on s'y rend, juste en se lais-sant rouler en bas de la côte.

— Dis donc, tu m'as pas donné mes cinq dollars d'hier soir, remarqua méchamment Soutinelle.

— Tes cinq dollars, c'est pas le moment.

Benjamin Tardif mit le levier de vitesses au point mort, laissa reculer le véhicule vers la gauche, freina dès que les roues atteignirent l'accotement, braqua complètement à droite et lâcha le frein. La voiture se mit à rouler doucement. Il était très fier de sa manoeuvre, qui leur avait évité de sortir dehors, au grand soleil, pour pousser le véhicule. Personne ne fit la moindre allusion à son habileté. Cela le vexa, mais il commençait à s'habituer à être vexé.

Le Westfalia faillit lamentablement dans sa tentative de se rendre jusqu'au poste d'essence par le simple effet de la gravité. Justin Case perdit donc encore cinq dollars, qu'il promit de donner à Soutinelle dès que ce serait le moment, mais ce n'était pas du tout le moment, parce que lui et Benjamin Tardif durent sortir et pousser le Westfalia sur deux bons kilomètres pendant que Soutinelle tenait fort maladroitement le volant, le Westfalia zigzaguant de droite à gauche et de gauche à droite sur la route.

Ils atteignirent enfin le poste d'essence, en transpirant à grosses gouttes.

— Y a pas un frigidaire dans ton truc? demanda Justin Case.

— Il y a une glacière, mais elle est vide. Et il n'y a pas de glace.

— Brillant.

Il avait dit «very smart» sur un ton sarcastique qui redonna à Benjamin Tardif l'envie de l'étrangler.

— Super ou ordinaire? demanda Soutinelle d'un ton de pompiste professionnelle, mais sans quitter le volant.

— Le plein de sans-plomb, répondit Benjamin Tardif.

— C'est un libre-service, ici, précisa-t-elle sur un ton qui voulait dire «sers-toi toi-même, sinon ça va te coûter plus cher».

Benjamin Tardif soupira, décrocha le bec verseur et le plongea dans l'embouchure du réservoir. Il appuya sur la gâchette. L'essence se mit à couler mais ne glouglouta que pendant quelques secondes.

— Comment ça marche?

— Oh, le réservoir doit être à sec, expliqua Soutinelle. Justin m'avait dit qu'on partait, alors j'ai refusé la livraison du camion-citerne, hier.

— Merde. Le super, il y en a beaucoup?

— J'en ai seulement pendant la saison touristique. Ça se vend pas, le super, par ici, le reste de l'année.

— Et l'ordinaire, ça se vend?

— Oui, c'est ce qui se vend encore le plus. Y a plein de vieilles camionnettes qui marchent qu'à ça.

— Et il en reste?

— Je sais pas.

Il prit le bec verseur de l'ordinaire. Mais il n'entrait pas dans l'étroit goulot du réservoir, justement parce que le gouvernement voulait empêcher qu'on fasse le plein d'essence avec plomb, plus polluante.

— Tu pourrais faire un entonnoir, suggéra Justin Case.

Benjamin Tardif monta dans le Westfalia, trouva un rouleau de feuille d'aluminium, avec lequel il entreprit de former un entonnoir grossier qu'il installa dans le goulot du réservoir d'essence. Mais il coula à peine quelques gouttes de plus.

— Je vous avais dit qu'il s'en vendait beaucoup, expliqua Soutinelle.

— Vous auriez pu me le dire avant.

— Justement, je vous l'ai dit.

— Bon, qu'est-ce qu'on fait maintenant ?

— On doit avoir juste assez d'essence pour aller chez Soutinelle, suggéra Justin Case.

Il y allèrent donc. Dans le petit chemin, Benjamin Tardif se donna une grande claque dans le front.

— Y a qu'à prendre votre voiture de shérif.

— Ex-shérif, précisa Justin Case. Je l'ai rendue ce matin, à l'aube, avec mon insigne et mon revolver officiel. Et j'ai vendu mon cheval au shérif adjoint, qui m'a ramené ici, ce matin.

Ils arrivaient à la maison. Soutinelle et Justin Case descendirent. Dès qu'ils eurent refermé les portes, Benjamin Tardif appuya sur l'accélérateur.

— Où allez-vous ? cria Justin Case.

— N'importe où, pourvu que vous n'y soyez pas, marmonna Benjamin Tardif entre ses dents.

Malheureusement, le Westfalia n'accepta de faire que vingt mètres de plus avant de s'arrêter, à court d'essence, sans même avoir quitté la clairière qui s'étendait derrière la maison. Benjamin Tardif descendit.

— Je voulais seulement me garer à l'ombre, dit-il en revenant vers ses compagnons de non-route et en désignant le Westfalia garé en plein soleil.

Les autres ne relevèrent pas son mensonge évident.

— Qu'est-ce qu'on fait maintenant ?

Ils ne remarquèrent pas qui avait posé la question, puisqu'ils se la posaient tous.

— Moi, je vais faire du *chili*, proposa aimablement Soutinelle.

Justin Case alla s'asseoir sur la grosse pierre préférée de Benjamin Tardif, qui ne trouva pas mieux à faire que d'aller le rejoindre. La pierre était tout juste assez large pour deux. Et un passant qui les aurait vus ainsi, côte à côte, les aurait pris pour les meilleurs amis du monde dans le moment le plus cordial de leur vie, alors que Benjamin Tardif était poursuivi par une obsession de plus en plus persistante : l'envie d'étrangler Justin Case.

Il était, depuis quatre jours, passé par toute la gamme des émotions. D'abord naufragé de grand chemin. Puis pourchassé par un shérif apparemment sanguinaire. Hier, forcé de se faire le complice d'un assassinat. Ce matin, compagnon de voyage de deux inconnus avec lesquels il n'avait pas la moindre affinité. Et maintenant, toujours immobilisé dans cet endroit sans nom, avec deux personnes dépourvues de tout sens de l'honnêteté et du bon goût.

— Voilà le *chili*, dit Soutinelle gaiement comme pour le tirer de ses idées noires.

C'était le même *chili con carne* que la veille, l'avant-veille et le jour d'avant.

— C'est ça, votre meilleur *chili* de l'ouest du Texas ?

— Le Grandma Thurston ? Bien sûr que c'est le meilleur, tout le monde le dit. Même la publicité. Pas vrai, Justin ?

— Sûr.

Le sixième jour

— Dis donc, Ben, t'es homosexuel ou quoi?

La tête de Justin Case, toujours coiffée de son chapeau de cow-boy patriote, était passée dans la porte coulissante du Westfalia. Benjamin Tardif s'efforça de se souvenir de la soirée de la veille. Cela lui revint rapidement, une fois qu'il se fut rappelé la bouteille de bourbon qu'ils avaient partagée inégalement – une moitié pour Justin et un quart chacun pour Soutinelle et pour lui. Ah oui, il y avait eu aussi une deuxième bouteille de bourbon, dont il avait peut-être obtenu une part plus équitable.

Il lui revint aussi à l'esprit qu'ils avaient commencé à se tutoyer – ou plutôt qu'ils se seraient tutoyés si le tutoiement avait existé en anglais. En tout cas, ils s'appelaient allègrement Ben et Soot, Justin ne se prêtant à aucune abréviation qui fît l'affaire de l'ex-shérif.

— Homosexuel? Pourquoi je serais homosexuel?

— C'est Soot qui se le demande.

— Pourquoi?

— Tu lui as pas fait de passe. Même pas mis la main sur la cuisse quand elle a effleuré la tienne par accident, hier soir. Moi, je lui ai dit que tu m'avais plutôt l'air d'un raciste. Mais ça l'a pas consolée. Soot, elle prend ça mal quand elle se sent pas désirée. Elle dit toujours qu'elle a pas assez de seins mais trop de cul.

— Il est très bien, son cul, protesta Benjamin Tardif. Ses seins aussi, d'ailleurs.

— C'est à elle qu'il faut le dire, pas à moi. Je sais bien qu'elle est un peu moche, mais pas tant que ça.

— Elle n'est pas moche du tout. Au contraire.

— Montre-le-lui, bordel, sinon elle va nous faire une crise de nerfs.

— J'essaierai.

— Viens-t'en, le café est presque prêt.

— J'arrive.

Il avait dormi tout habillé. Il fut donc en quelques instants sur pied et dans la maison de Soutinelle, qui était en train de mettre la table méticuleusement : tasse posée au milieu des assiettes, tranches de pain à côté, sur la nappe tachée, et ustensiles au-dessus, parce qu'elle ne se souvenait jamais lesquels il fallait placer de chaque côté.

Benjamin Tardif s'approcha d'elle, lui mit le bras discrètement autour de la taille, posa la paume de sa main sur sa hanche, d'un geste qu'il voulait plus amical qu'agressif.

— Comment ça va, ce matin, Soot ? demanda-t-il de sa voix la plus caressante.

Elle se secoua, frétilla comme pour se sortir d'une étreinte de King Kong et retourna au réchaud à gaz où l'eau bouillait depuis de nombreuses minutes.

— Trop occupée pour batifoler.

Elle avait dit «to fool around», comme dans l'avis du poste d'essence.

— Bon.

Il s'assit devant une des trois places à table.

— Ça, c'est la place de Justin, dit Soutinelle sans se retourner, comme si elle avait deviné, juste à l'entendre s'asseoir, où il avait pris place.

Il se releva prestement.

— Où veux-tu que je m'asseye ?

— N'importe où.

Il s'assit à tout hasard devant l'une des deux places qui restaient. Soutinelle ne dit rien. Ce devait être la bonne.

Justin rentra après avoir pris la précaution de s'annoncer bruyamment par des pas extrêmement appuyés sur les marches du balcon. Il ouvrit la porte et prit soin de la garder ouverte plusieurs secondes avant de pénétrer dans la cuisine-salle-à-tout-faire.

— Le café sent terriblement bon, dit-il avec une bonne humeur qu'il espérait communicative.

— Comment peux-tu le savoir, il est pas encore fait ? dit Soutinelle, qui n'était pas très communicante lorsqu'elle était en train de verser l'eau bouillie dans la cafetière.

— Je *sens* qu'il va être bon, s'obstina Justin.

Il s'assit à table, à la place qui n'était pas celle que Soutinelle prétendait être la sienne. Mais elle ne dit pas un mot à ce sujet. Il lança à Benjamin Tardif une oeillade qui s'efforçait de signifier «Tu vois comme je suis gentil, d'essayer d'arranger les choses entre ma soeur et toi», mais qui eut pour seul effet de lui rappeler son irrépressible envie d'étrangler le shérif.

Soutinelle posa enfin le café sur la table. Il était ce qu'il avait cru impossible qu'il pût être : encore plus amer et imbuvable que celui de la veille, de l'avant-veille et des jours d'avant.

— Sacré bon café, complimenta Justin.

Il en but trois bonnes rasades, claqua la langue avant de s'adresser à son ami Ben.

— Dis donc, Ben, tu as l'air moins en forme qu'hier soir, toi. C'est le bourbon qui te fait ça ?

— Moi ? Non.

— Hier soir, tu étais pourtant en pleine forme. Tu nous as même appris à chanter *La Mayonnaise*.

— *La Marseillaise*, peut-être ?

— En plein ça. C'était comment, déjà ? Dis, Soot, c'était comment, *La Mayonnaise*, hier soir ?

Soot venait de s'asseoir à table, du seul côté où il n'y avait pas de couvert, et entreprenait d'y déménager ses assiette, ustensiles et tasse de café, de façon à ne pas être assise à côté de Benjamin Tardif.

— Ça commençait par quelque chose comme «Deux bouts, lady née délétère».

En tout cas, ça ressemblait, à l'oreille de Benjamin Tardif, à quelque chose qui ne pouvait ressembler qu'à «Deux bouts, lady née délétère». Qu'est-ce que ça pouvait bien être ?

— Oui, c'est ça, reprit Justin : «Deux bouts, lady née délétère».

Sans doute chantait-il un peu plus juste que sa soeur, puisque Benjamin Tardif reconnut les premières mesures de *L'Internationale.*

— Deux bouts, l'effort, ça donne faim, continua Justin.

— Et je vous ai dit que c'était *La Marseillaise*?

— Oui.

— Je suis un sacré menteur quand j'ai bu du bourbon.

— Comment ça?

— «Debout, les damnés de la terre», c'est le début de *L'Internationale.*

— Qu'est-ce que c'est que ça?

— L'hymne international des communistes.

Et il se mit soudain à rire comme il ne l'avait pas fait, ni eu l'occasion de le faire, depuis un bon moment – surtout pas pendant les cinq jours qu'il avait passés dans cet endroit sans nom. Mais il ne rit pas très longtemps. Soutinelle et son frère le regardaient d'un air consterné.

— On rigole pas avec des choses comme ça, dit Justin.

— C'est vrai, renchérit Soutinelle, c'est pas des choses pour rigoler, ça. Vous avez le droit d'être communiste, c'est vrai, on est un pays libre. Mais pas chez moi.

— En tout cas, vous auriez pas dû faire ça. C'est comme si je vous faisais prendre *Take Me Out to the Ball Game* pour le... C'est quoi, déjà, Soot, l'hymne national?

— Je sais pas.

— *The Star-Spangled Banner*, intervint Benjamin Tardif.

— Vous êtes sûr ?

— Absolument.

Bien entendu, ils n'avaient pas pu se mettre à le vouvoyer tout à coup, puisqu'en anglais le vouvoiement n'est vraiment pas plus évident que le tutoiement. Mais Benjamin Tardif sentait que Justin et Soutinelle Case l'auraient vouvoyé s'ils en avaient eu la possibilité.

— Nous sommes des patriotes américains et de bons chrétiens, poursuivait Justin. Et vous savez que nous aurions jamais chanté des chansons communistes si vous nous aviez pas induits en erreur.

— Vous avez le droit d'être communiste, répéta Soutinelle, mais pas dans cette maison bénie de Dieu.

Benjamin Tardif eut envie de leur demander si c'était au nom de Dieu ou au nom de Ronald Reagan qu'ils lui avaient volé son Westfalia pour le peindre en vert. Mais il crut plus à propos de se taire.

— Qu'est-ce qu'on fait aujourd'hui ? demanda-t-il pour faire diversion.

— Aujourd'hui, Ben, on va aller chercher de l'essence à Junior's Last Run.

Justin s'était radouci subitement, comme quelqu'un qui attendait une bonne occasion d'aborder un sujet délicat et qui l'avait enfin trouvée. S'il avait pu tutoyer Benjamin Tardif dans cette phrase dépourvue de deuxième personne, il l'aurait sûrement fait.

— Comment ?

— À pied.

— Ah bon.

— Mais comme ça sert à rien d'y aller tous les trois, on va tirer au sort celui qui ira.

— D'accord.

— Tu as encore la pièce de vingt-cinq cents que je t'ai donnée hier ?

— Je ne sais pas si c'est le même, mais j'ai un *quarter* dans ma poche.

— Parfait. Mets-le dans mon chapeau.

Justin ôta son grand chapeau, le renversa et le lui tendit. Benjamin Tardif y laissa tomber la pièce qu'il avait trouvée dans la poche de son short.

— Moi, continua Justin, j'ai une pièce de cinq cents et je la laisse tomber aussi.

— Mais...

— Soot, elle, participe pas au tirage. Jolie comme elle est, si elle partait sur la route, elle se ferait enlever et on la reverrait jamais. Alors, Soot va tirer entre les deux pièces de monnaie, sans rien voir.

Il avait levé son chapeau à bout de bras.

— Oh, ça va pas, non ? protesta Benjamin Tardif. Rien que du bout des doigts, elle peut faire la différence entre un cinq cents et un vingt-cinq cents. Elle est un peu raide, celle-là.

— Tu oses dire que ma soeur est une tricheuse ?

— Je n'ai pas dit ça.

— Bon. Tire, Soot.

Soutinelle plongea la main dans le chapeau, en tira la pièce de cinq cents qu'elle jeta sur la table.

— C'était toi, le cinq cents ? demanda Justin juste au cas où son interlocuteur aurait souffert d'une crise subite et aiguë de la maladie d'Alzheimer.

— Non, moi, c'était la pièce de vingt-cinq cents.

— Ah bon ? Donc, c'est moi qui irai. Dès qu'on aura terminé les provisions.

Justin se retourna vers le garde-manger. Il restait quatre boîtes de *chili* et une douzaine de tranches de pain.

— Demain matin, ce sera parfait.

Il passèrent la journée à boire le plus lentement possible une troisième bouteille de bourbon que Soot avait tirée de ses réserves secrètes.

— C'est ma dernière, jurait-elle.

Mais, chaque fois qu'elle jurait que c'était sa dernière, Justin faisait à Benjamin Tardif un clin d'oeil qui signifiait clairement «Elle doit en avoir encore une pleine caisse cachée quelque part».

En fin de journée, lorsqu'ils eurent mangé deux boîtes de *chili* (froides, parce que Soot n'arrivait plus à allumer le réchaud, sans doute parce qu'il ne restait plus de gaz), Justin se mit à bâiller de la façon la plus ostentatoire possible.

— J'ai sommeil, dit-il, mais j'aimerais bien essayer ton Wasfoolia, juste pour voir si on dort bien là-dedans.

— Comme tu voudras, Justin. J'ai laissé les portes ouvertes pour chasser les odeurs.

L'ex-shérif se retira. Benjamin Tardif et Soutinelle restaient seuls dans la maison. Timidement, Ben toucha du bout d'un doigt la main de Soot par-dessus la table.

— Lâche-moi, s'écria-t-elle. Tu penses que je couche avec n'importe qui, comme ça, juste parce que je t'ai donné à manger et à boire?

— Ce n'est pas du tout...

— Surtout pas avec un communiste...

— Je ne suis pas communiste. C'était une blague parce que j'avais trop bu.

— Je m'en fous. Je couche avec qui je veux.

— Tu en as parfaitement le droit. C'est Justin qui m'a dit que...

— Justin pense que je couche avec tout le monde. Mais il en sait rien, Justin. Demande-lui s'il m'a déjà vue coucher avec un étranger, un seul, une seule fois. Et tu verras ce qu'il te dira, Justin.

— Bon, n'en parlons plus. Je pensais seulement...

— Vous pensez comme un cochon, monsieur Benjamin. Un cochon communiste.

Il était devenu un «red pig». Il n'osa pas insister ni la contredire. Il se contenta de prendre la porte. Lui aussi, à cause du bourbon sans doute, avait envie de dormir encore un peu. Dans le Westfalia, Justin ronflait comme un porc pas du tout communiste. Impossible de dormir près d'une pareille cacophonie. Benjamin Tardif en fut donc réduit, une fois de plus, à somnoler sur la plage, adossé à sa pierre préférée.

C'est un klaxon chantant une drôle de mélodie qui le réveilla. Il regarda par-dessus la pierre qui lui servait d'oreiller. Et il aperçut une immense limousine noire, modèle superallongé avec trois portières de chaque côté. À travers les glaces teintées qu'exige la climatisation qui fait nécessairement partie de l'équipement de série de ces engins-là, il devinait vaguement la silhouette d'un individu – un homme, peut-être, mais il n'en était pas sûr.

Le klaxon répéta sa mélodie bizarre. Benjamin Tardif se leva, s'approcha du monstrueux véhicule. La glace du côté du conducteur se baissa, avec la régularité imbattable des glaces à commande électrique. Un gros visage poupin se révéla enfin.

— Vous avez de l'essence ? Je paye deux dollars le gallon.

— Non, il ne nous en reste pas une goutte.

— Je paye vingt dollars s'il vous reste cinq gallons dans ce machin vert, là.

Il avait désigné le Westfalia avec tout le mépris dont est capable un inculte en matière de véhicules automobiles quand il croit que le sien est meilleur que celui du voisin même lorsque le voisin, comme c'était le cas ici, n'accepterait pas un échange pour tout l'or du monde.

— Plus une goutte, je vous jure.

— Merde d'enculé.

Il avait dit «Fuckin' shit», expression qui semblait à Benjamin Tardif dépourvue de sens, intraduisible et vulgaire. La glace électrique se mit à remonter toute seule.

Mais Soutinelle accourait de la maison, et son frère sortait du Westfalia.

— Je peux faire quelque chose pour vous ? demanda Justin une seconde avant que la glace électrique ne fût rendue au haut de sa course.

La glace, infatigable, se mit à redescendre.

— Oui, si vous avez quelques gallons d'essence à vendre. Votre prix sera le mien.

— On en a pas une goutte. Mais dites donc, j'ai déjà vu votre visage quelque part. Dis donc, Soot, tu l'as déjà vu, ce type ?

— Il me semble, oui. Vous êtes...

— Oracle Simon, à votre service, madame.

Il avait dit cela du ton d'un directeur de pompes funèbres qui se cherche discrètement de futurs clients lors d'un enterrement.

— Oracle Simon ? Celui de la télévision ?

Soutinelle battait des mains d'excitation.

— T'as pas la télévision, Soot, fit remarquer son frère.

— Je sais. Mais ça fait trois semaines qu'il fait la première page du *Natural Enquirer*. Vous êtes vraiment l'Oracle Simon dont tout le monde parle, avec les scandales sexuels et tout ?

— Oui, madame.

Oracle Simon, devant l'excitation manifeste de son interlocutrice, reprit le sourire qui avait, quelques instants plus tôt lorsqu'elle l'avait reconnu, fait place à une inquiétude certaine. Il se pencha vers le tableau de bord de sa voiture, ouvrit une des nombreuses boîtes à gants et tendit à Soutinelle une de ses photos, autographiée à la machine. Soutinelle prit la photo, l'admira quelques instants avant de la glisser dans son corsage où elle fut froissée en quelques instants.

— Tu te rends compte, Justin? Le vrai Oracle Simon est chez nous, disait-elle en se frottant la poitrine comme pour caresser la photo mais en ne réussissant qu'à la froisser plus encore.

Benjamin Tardif ne savait pas tout à fait de quoi ils parlaient. Mais il crut rapidement deviner qu'il s'agissait d'un de ces télévangélistes dont les médias parlaient depuis quelque temps parce qu'ils étaient impliqués dans les scandales financiers et sexuels les plus divers.

— Présente-nous, Soot, implora Justin en enlevant son chapeau.

— Lui, c'est mon frère, Justin Case. Un ancien shérif, depuis hier. Et moi, je suis Soutinelle Case, sa soeur. J'ai le poste d'essence sur la route, par là.

— Justement, dit Oracle Simon, pourriez-vous l'ouvrir quelques instants? J'ai besoin de quelques gallons d'essence.

— C'est justement parce qu'on l'a vidée qu'on a plus une goutte d'essence, expliqua Justin.

— Et les dix millions? interrompit Soutinelle tout excitée. Les dix millions, vous les avez avec vous?

— Quels dix millions? dirent en même temps Justin Case et Oracle Simon sur des tons totalement différents – l'un exprimant la surprise et la convoitise, l'autre une mauvaise conscience difficilement dissimulable.

— Les dix millions du Temple des Ondes, que le journal disait que vous aviez volés.

— Les journaux exagèrent tellement, fit Oracle Simon imprudemment.

— C'était combien, alors, intervint méchamment Benjamin Tardif même s'il n'avait pas été présenté et peut-être pour venger la vexation de ne pas l'avoir été. Neuf millions, cinq, deux ?

— Je jure sur la tête du Christ que je n'ai sur moi et avec moi que deux cents dollars et huit cartes de crédit, dont la plupart ont déjà atteint ou dépassé la limite autorisée. Et si vous avez l'intention de me voler mes deux cents dollars, sachez que j'ai à mes trousses des douzaines d'agents du FBI qui remueront ciel et terre tant qu'ils ne m'auront pas trouvé parce qu'ils s'imaginent que j'ai volé des millions que je n'ai jamais eus.

— Ne craignez rien, fit Justin de sa voix la plus caressante. Qu'est-ce que nous aurions à faire de dix millions de dollars, de toute façon ? Par contre, votre voiture est plus intéressante.

— Le FBI a mon numéro de plaque.

— Je veux pas vous la voler. Je parle seulement de partir avec vous.

— Je n'ai plus d'essence.

— Si vous vous êtes rendu jusqu'ici, c'est qu'il doit bien en rester un peu.

— Venez voir.

Justin monta dans la voiture, à deux bons mètres de distance d'Oracle Simon, du côté du passager. Soutinelle

monta derrière le révérend, sur la banquette arrière, ou plutôt sur la banquette du milieu car il y en avait encore une
autre plus à l'arrière. Benjamin Tardif, pour ne pas rester
tout seul au soleil, monta sur la même banquette, par l'autre
porte.

— Regardez, fit Oracle Simon en mettant la clé dans
l'allumage.

Tandis qu'une courte mélodie retentissait, jouée sur des
instruments ressemblant vaguement aux xylophones bon
marché qu'on donnait autrefois aux enfants qu'on n'aimait
pas trop (Benjamin Tardif en avait jadis reçu deux, la même
année, de deux oncles différents), le tableau de bord
s'alluma, comme une demi-douzaine d'arbres de Noël.

— Voyez là, pointa du doigt Oracle Simon.

Il y avait toute une partie du tableau de bord qui affi-
chait, par des diodes électroluminescentes jaunes sur fond
vert, une série de chiffres.

— Ici, vous avez la consommation d'essence au gallon
depuis la dernière fois que j'ai fait le plein. Là, le nombre
de gallons qu'il y a encore dans le réservoir, et là encore le
nombre de milles que je pourrai parcourir avant de tomber
en panne sèche.

— Douze, s'exclama Soutinelle.

— Vous avez bien lu, mademoiselle.

— Il y a trente milles d'ici Junior's Last Run, observa
Justin.

On comprendra que, comme il est question dans ce
chapitre de milles au gallon, dont la conversion en litres au
cent kilomètres exige un calcul très compliqué, il est plus

simple de laisser les personnages s'exprimer dans les unités utilisées dans la version originale de leurs dialogues.

— Si on transférait l'essence dans le Westfalia ? suggéra Benjamin Tardif. Vous êtes d'ailleurs un siphonneur sensationnel, shérif. Vous voyez, la limousine ne fait que neuf milles au gallon. Mon Westfalia en fait quelque chose comme vingt-huit. Peut-être pas tout à fait assez pour nous rendre à Junior's Last Run, à cause de la côte, mais presque.

— Ouais, dit Justin.

— Pas question, protesta Oracle Simon.

— Moi, j'aime bien mieux la limousine que le Wasfoolia, dit encore Soutinelle.

Constatant qu'il perdrait aux voix si un vote était pris, Benjamin Tardif se tut.

— C'est précis, votre machin ? demanda Justin.

— Ça donne les dixièmes de mille.

— Non. Je veux dire la jauge d'essence. C'est toujours une petite sonde qu'ils font exprès de mettre un peu au-dessus du fond du réservoir pour nous faire croire qu'il nous en reste plus une goutte alors qu'il en reste toujours un ou deux gallons. Avec trois gallons, on se rendrait à Junior's Last Run, c'est sûr.

— Je ne sais pas si c'est précis, dit le révérend. Je n'ai jamais manqué d'essence.

— Essayons voir.

Oracle Simon mit le moteur en marche, et la limousine fit demi-tour péniblement, car il dut s'y reprendre à plusieurs fois pour manoeuvrer entre les arbustes.

— Si on fermait la climatisation ? suggéra encore Benjamin Tardif. Ça consommerait moins d'essence.

— Moi, je veux la climatisation, protesta Soutinelle.

— Sur ces voitures-là, la climatisation consomme presque rien, décréta Justin, qui n'y connaissait strictement rien.

— C'est exact, dit le révérend, qui n'y connaissait rien non plus.

Ils partirent donc, tournèrent à droite sur la route.

— Onze virgule trois... onze virgule deux, lisait consciencieusement Soutinelle le menton appuyé contre le dossier d'Oracle Simon et les yeux rivés à l'indicateur de milles à parcourir avant la panne sèche.

Bien entendu, elle disait «Eleven point three, eleven point two», mais rien n'est plus facile que de changer les points en virgules.

La limousine s'approchait de la longue montée qui la mènerait au Hilltop of the World, puis tout droit à Junior's Last Run.

Ce nom de lieu fascinait Benjamin Tardif. Pendant que Soutinelle continuait à réciter les milles à parcourir, il tenta de deviner comment ce village en était arrivé à s'appeler ainsi. Peut-être un coureur à pied était-il mort là, à bout de souffle, après une longue série d'exploits ?

— Dites donc, finit-il par demander parce qu'il était incapable de résister à sa curiosité, vous savez pourquoi Junior's Last Run s'appelle Junior's Last Run ?

— C'est à cause de Junior Poolaski, répondit simplement Justin Case.

— Comment ça s'épelle ?

— J-U-N-I-E-R.

— Et qu'est-ce qu'il a fait, ce Poolaski ? demanda encore Benjamin Tardif en renonçant à connaître l'orthographe de Poolaski.

— Il était laitier. Et complètement timbré. Dans ce temps-là, toutes les familles avaient des vaches. Mais lui, il s'obstinait à vendre du lait de porte en porte, par là, avec une espèce de camion à glace tiré par un cheval, comme il y en avait dans le temps dans les villes. Comme de raison, il avait pas de client pour son lait. Et il fallait qu'il déménage tout le temps, à la recherche d'une bonne ville pour sa tournée de lait. Paraît qu'il voulait être laitier parce qu'il adorait les chevaux, mais qu'il était pas capable de monter à cheval. Il avait essayé plusieurs patelins avant d'arriver là. Ç'a été son dernier. C'est pour ça que ça s'est appelé Junior's Last Run.

— Il a enfin eu assez de clients ?

— Oh, non. Seulement une cliente, qui avait des triplets. Ce qui est arrivé, c'est que son cheval est mort, encorné par une vache, justement. Junior Poolaski avait plus assez d'argent pour s'en acheter un autre. Alors, il a essayé de livrer le lait à pied, en tirant sa voiture lui-même. Mais il a pas tenu longtemps. Le soleil lui est tombé sur la tête et il est devenu complètement fou. Il s'est mis à tirer à coups de fusil sur les vaches des environs. Il en a tué une bonne douzaine avant qu'on l'arrête et qu'on le fasse enfermer.

— C'est toi qui l'as arrêté ?

— Oh non, c'était bien avant mon temps. Quand j'étais petit, mon père me montrait sa vieille voiture qui achevait de rouiller le long du chemin. Tu te souviens, Soot ?

— Trois virgule zéro, oui, je me souviens.

Ainsi donc, Junior's Last Run venait non d'une course mais d'une tournée de laitier. Pendant son voyage, Benjamin Tardif avait souvent tué le temps en essayant de deviner l'origine des noms étranges de villes et de villages. Sans doute n'était-il pas tombé pile une seule fois.

— Et monsieur Badernia, qui c'était ?

— Badernia, ça vient pas d'un monsieur. Ça vient de « bad hernia » – une vilaine hernie que se serait faite Joe Ringer pendant un rodéo qu'il y a eu là. C'était un fameux cow-boy, Joe Ringer, et c'était pas souvent qu'il se faisait une hernie. Et celle-là, il en est mort deux jours après. Avec le temps, comme les Indiens et les Mexicains étaient incapables de prononcer « Bad Hernia » comme du monde, tout le monde s'est mis à dire « Badernia », comme si c'était du mexicain.

— Et la maison de Soutinelle, elle est dans Badernia ou dans Junior's Last Run ?

— Ni l'un ni l'autre : elle est à Nulle Part. C'est le nom que Soutinelle a décidé de lui donner si jamais on demande un bureau de poste.

Il avait dit « Nowhere » : tout simplement « Nulle Part ».

— Pourquoi Nulle Part ?

— Parce que Nulle Part au Texas on mange du si bon *chili*, pas vrai, Soot ? dit Justin.

Celle-ci interrompit son compte à rebours le temps de tirer la langue à son frère.

— Ou bien parce que Nulle Part au Texas on peut trouver un poste d'essence qui en a pas une goutte, pas vrai, Soot ?

Cette fois, elle ne fit pas la moindre grimace. Elle se contenta de continuer d'égrener les chiffres qu'elle lisait au tableau de bord.

— Zéro virgule deux, zéro virgule un, zéro virgule zéro.

Pendant une fraction de seconde, Benjamin Tardif vit dans le rétroviseur un sourire triomphal sur le visage d'Oracle Simon, comme s'il avait passé les dernières minutes à prier pour que l'air du réservoir vide se transforme en essence. Mais ce sourire ne dura pas, parce que presque aussitôt le moteur de la voiture s'éteignit.

— Un miracle de précision, la technique moderne, fit toutefois le révérend pendant que la voiture s'immobilisait sur le bord de la route.

— Qu'est-ce qu'on fait maintenant ? demanda Soutinelle.

— On va se laisser redescendre la côte pour rentrer à la maison, dit Justin.

— Mais on a presque vingt kilomètres de faits en direction de Junior's Last Run, protesta Benjamin Tardif. Ça te ferait ça de moins à marcher.

— Pas question que je marche jusqu'à Junior's Last Run par une chaleur pareille. Mais si tu veux y aller, Ben, j'ai pas d'objection.

— Mais c'est toi qui as perdu quand on a tiré au sort, ce matin.

— Soot a triché. Elle savait que c'était moi qui avais la pièce de cinq cents et elle a fait exprès pour me faire perdre, la salope.

— Jésus n'a jamais traité une femme de salope, intervint le révérend Oracle Simon.

— Vous, votre gueule, à moins que vous soyez capable de faire un miracle. Comme changer du sable en super. Ou en sans-plomb, ça irait quand même, je suis pas regardant.

— Je vous en ferai un demain matin, de miracle, vous verrez. Encore mieux que de changer du sable en essence.

— En tout cas, on rentre à la maison.

— Il va falloir pousser sur la moitié du chemin, protesta Benjamin Tardif.

— Mais non. Ces machines-là, ç'a de bien meilleurs engrenages que les Wasfoolia, expliqua Justin. On va rentrer jusqu'à la porte – jusqu'au balcon, même – sans se forcer. Je vous parie cinq dollars là-dessus.

Justin et Benjamin durent pourtant descendre pour aider le révérend à faire faire demi-tour au monstrueux véhicule, dont le rayon de braquage semblait englober tout l'ouest du Texas.

Ils remontèrent dans la voiture et se laissèrent glisser doucement dans la côte.

— Dis donc, Ben, demanda Justin sans se retourner, toi qui t'intéresses tant aux noms, tu dois savoir ce que ça veut dire, Ben Tardif ?

— Oui. Vous savez ce que veut dire Benjamin ?

— Bien sûr.

— Benjamin, ça veut dire le plus jeune, précisa quand même Benjamin Tardif pour plus de sûreté.

— Ah oui?

— Et Tardif, en français, ça veut dire «en retard».

— Comme ça, tu t'appelles Ben Too Late?

— Si on veut.

— Ç'a l'air d'un nom indien, ça. Oui, il me semble que j'ai déjà connu une Indienne qui s'appelait Too Late. Much Too Late, je pense.

— En tout cas, pour en terminer avec l'histoire de mon nom, je n'ai qu'un frère, qui a onze ans de plus que moi. Ma mère avait quarante et un ans quand je suis né. Et mon père a trouvé très amusant de m'appeler Benjamin Tardif.

— Je ne vois pas ce qu'il y a d'amusant.

Benjamin Tardif, en soupirant, allait reprendre ses explications, mais il fut interrompu par des exclamations de Soutinelle, qui était passée sur la troisième banquette, tout à l'arrière.

— Qu'est-ce que c'est que ça? demanda-t-elle.

— Ça? C'est un bar, fit le révérend en jetant un coup d'oeil dans le rétroviseur.

— Y a quelque chose dedans? Y a à boire? demanda Justin.

— De la bière. Du champagne aussi, je suppose.

— Elle est froide, la bière?

— Bien sûr.

— Arrêtez, ordonna Justin.

— Ne freinez pas, suggéra Benjamin Tardif, vous gaspillez l'énergie cinétique.

Le révérend Oracle Simon freina quand même. Un homme de Dieu n'a que faire de l'énergie cinétique.

Tous s'assemblèrent devant le bar. Il y avait six boîtes de bière et deux bouteilles de champagne.

Ils reprirent leurs places. La voiture se remit à rouler, et les six bières furent ingurgitées bien avant qu'elle ne fût immobilisée de nouveau, plusieurs centaines de mètres avant l'endroit où le Westfalia s'était immobilisé la veille, ce qui fit plaisir à Benjamin Tardif, qui eut pourtant le tact de ne pas le faire remarquer aux autres. Bien entendu, Justin eut droit à trois des six boîtes de bière, parce qu'il buvait trois fois plus vite que les autres et parce que six ne se divise pas par quatre.

Il y eut une longue discussion entre le révérend et le shérif pour savoir s'il fallait abandonner la voiture ou la pousser jusqu'à la maison. On décida finalement de la pousser, avec Soutinelle au volant. Cela donna l'occasion de boire les deux bouteilles de champagne, sous prétexte d'alléger le véhicule. Comme deux ne se divise pas par quatre, Justin en but une et ses trois compagnons se partagèrent l'autre.

Justin Case et Oracle Simon poussaient chacun sur une aile, le premier à gauche, l'autre à droite. Benjamin Tardif poussait au centre de la voiture, sur le coffre. Il baissa les yeux, remarqua la plaque d'immatriculation : «GODS MAN», sans apostrophe après le D. Sans doute les machines qui fabriquaient ces plaques étaient-elles incapables de faire les apostrophes.

— Ça vous a coûté cher pour avoir ce numéro-là ? demanda-t-il, sachant que dans beaucoup d'États américains il était possible, moyennant supplément, d'obtenir le numéro de plaque de son choix.

— C'est le gouverneur qui me l'a donné gratuitement, répondit fièrement Oracle Simon en profitant de la question pour faire une pause et s'éponger le front tandis que les deux autres continuaient de pousser. Celui que je voulais, c'était «LE NUMÉRO UN DE DIEU». Mais ce salaud de Tom Thompson l'avait déjà pris.

Bien entendu, ce numéro d'immatriculation était, en anglais, «GODS NO 1». À moins d'un miracle, «LE NUMÉRO UN DE DIEU» ne serait jamais entré sur une plaque nord-américaine.

— Tom Thompson ? demanda innocemment Benjamin Tardif, qui n'avait jamais entendu ce nom.

Oracle Simon en profita pour enlever de l'aile droite de sa voiture les mains qu'il venait tout juste d'y poser.

— C'est ce salaud qui a inventé toutes ces histoires de viols pour m'enlever mon Temple des Ondes.

— Ah bon, fit Benjamin Tardif, qui ne voulait plus en entendre parler.

— Imaginez-vous, poursuivit Oracle Simon en continuant de ne pas poser ses mains sur la voiture, que ce damné enfant de chienne est maintenant à la tête du plus grand réseau de télévision à la gloire de Jésus, sans y avoir jamais mis un sou ni rien de sa personne. Mais je suis prêt à parier qu'il ne pourra pas le faire fonctionner plus d'un mois sans moi.

— Ni sans vos dix millions de dollars, interjeta Justin, qui avait fait semblant, jusque-là, de ne pas écouter.

— Ces dix millions de dollars n'ont jamais existé ailleurs que dans l'imagination de Tom Thompson et du FBI. On arrive bientôt ?

Le révérend Oracle Simon n'avait mis les mains sur la voiture que quelques instants. Il s'écarta une fois de plus sous prétexte de regarder devant. Pendant une minute, il ne vit rien du tout, parce que c'était pendant ces instants-là que Soutinelle laissait la voiture se diriger vers la droite. Puis il vit très bien devant, pendant les quelques instants que la voiture roula vers l'autre côté. La limousine était équipée d'une servodirection excellente mais qui ne fonctionnait que lorsque le moteur était en marche. Soutinelle devait donc appuyer de tout son poids sur le volant et transpirait presque autant que les hommes qui poussaient le véhicule ou faisaient semblant. Oracle Simon se proposa d'écrire au fabricant pour lui faire remarquer cette lacune intolérable pour les serviteurs de Dieu qui parcourent le pays en chantant la gloire de Jésus et de la libre entreprise.

— Plus que quelques mètres, les gars, ne lâchez pas ! les encouragea-t-il de la voix et du geste.

— Ne lâchez pas vous non plus, mon révérend, ironisa Benjamin Tardif.

Oracle Simon se contenta de s'appuyer sur la voiture, autant pour se reposer d'avoir battu son record personnel de marche à pied des vingt dernières années que pour faire semblant de mettre la main à la pâte.

Il y avait encore une bonne cinquantaine de mètres à parcourir sur le petit chemin de la maison de Soutinelle lorsque celle-ci décida qu'il était temps de freiner si on ne voulait pas que la limousine aille s'écraser contre sa maison. Elle n'avait aucune habitude des servofreins, qui fonctionnaient, eux, sur le système électrique de la voiture même lorsque le moteur n'était pas en marche. Et elle n'avait jusque-là appris à freiner que lorsqu'elle était revenue des parages de la petite plage au volant du Westfalia, dont les plaquettes étaient plutôt usées, quand son frère était retourné chercher son cheval. Elle appuya donc de toutes ses forces sur la pédale. Elle faillit ainsi devenir la détentrice du record mondial pour le nombre de fractures de poignets causées par un seul mouvement d'un seul pied.

— Bordel de merde ! s'écria Justin Case.

— Putain de conne ! hurla Oracle Simon.

— Hostie de tabernacle ! gémit Benjamin Tardif.

Bien entendu, sauf pour les gros mots de Benjamin Tardif, on aura compris que ces propos sont traduits librement, et même avec un souci d'éviter de scandaliser les femmes et les enfants qui auraient pu acheter ou ouvrir ce livre en croyant qu'il s'agissait d'un ouvrage sur les espèces animales disparues du Texas.

Aucun des trois n'eut plus ensuite envie d'aller plus loin. Ils laissèrent la limousine là, dans la clairière, à quelques mètres du Westfalia, et passèrent la demi-heure qui suivit à se frotter les poignets et à tenter d'expliquer à Soutinelle les subtilités de la conduite avec des servofreins.

— Qu'est-ce qu'on fait maintenant ? demanda Benjamin Tardif.

— Eh bien, on attend, décida Justin Case.

— On attend quoi ? demanda Oracle Simon.

— J'en ai pas la moindre idée.

Ils passèrent le reste de la journée à attendre et à se demander ce qu'ils attendaient. Le révérend Oracle Simon, subtilement encouragé par Justin Case, avait fini par accepter d'ouvrir le coffre de sa limousine. On y avait trouvé deux pots de caviar et une grosse boîte de craquelins salés. Les deux Case avaient recraché leur première cuillerée de caviar et s'étaient contentés de grignoter les craquelins, ce qui les empêcha de converser pendant une bonne heure. Oracle Simon et Benjamin Tardif se partagèrent le caviar, qu'ils mangeaient à la cuiller.

— Qu'est-ce que vous faites dans la vie, jeune homme ? demanda le révérend.

— Six mois par année, je traduis de l'anglais au français des textes pour les fabricants d'automobiles. Les manuels du propriétaire, les brochures publicitaires, ce genre de chose. Je travaille à la pige, chez moi, de mai à novembre, avec une pointe au mois d'août pendant laquelle je travaille plus de cent heures par semaine. Et comme je n'ai presque pas de travail à faire le reste du temps, j'ai décidé cette année de venir visiter l'ouest des États-Unis.

— Ah, bon. Est-ce que vous travaillez pour les Japonais ou pour les Américains ?

— Mes deux plus gros clients sont des constructeurs nord-américains. Par exemple, j'ai traduit il y a quelques mois la brochure publicitaire de votre voiture. Enfin, du modèle de série.

— Tiens, tiens, c'est très bien, ça.

— Je ne fais pas ça parce que c'est bien mais parce qu'on me paye bien pour le faire.

— C'est un point de vue. Ce qui me semble évident, c'est que Dieu a beaucoup d'imagination pour nous trouver les tâches les plus bizarres.

Cette dernière remarque décida Benjamin Tardif à mettre fin à sa conversation avec Oracle Simon. Il s'approcha de Soutinelle, qui croquait ses derniers craquelins.

— Dis donc, Soutinelle, c'est quoi comme nom ?

— Ch'est mon père qui l'a inventé. À cauge de Juchtin.

— Je ne vois pas.

— Réfléchis, tu trouveras.

Il réfléchit, sans trouver.

— Vraiment, je ne vois pas, avoua-t-il enfin.

Soutinelle grimaça et s'efforça d'avaler la pâte formée par la salive et les craquelins. Ce sujet l'embarrassait, de toute évidence. Mais Benjamin Tardif la regardait avec une curiosité telle qu'elle se sentit obligée de lui donner une explication, de crainte de lui voir le crâne imploser sous la tension.

— Justin, ça fait Justin Case. Tout ce que mon père a trouvé pour une fille qui ferait quelque chose avec Case, ç'a été Soutinelle, parce que Soutinelle, ça fait Soot.

Benjamin Tardif la regarda encore de son air d'idiot intégral. Puis il releva les sourcils, son visage s'élargit et il éclata de rire.

— Soot Case ! s'exclama-t-il enfin comme s'il avait résolu la quadrature du cercle et le cube de Rubik d'une seule main et avec un seul hémisphère de son cerveau.

Le père de Soutinelle l'avait appelée ainsi pour que les gens l'appellent « Suitcase » – « Mallette ». Vexée, Soutinelle haussa les épaules.

— C'est pas pire que Ben Too Late.

— C'est vrai, admit-il en essuyant une larme mais sans arrêter de rire aux larmes.

— Demain matin, dit enfin Justin après avoir arrosé d'au moins dix litres d'eau les craquelins qui lui gonflaient l'estomac au point de lui avoir fait sauter deux boutons de chemise, demain matin on va marcher tous les quatre jusqu'à Junior's Last Run. On va emporter tous les contenants d'eau qu'on pourra et on devrait y être pour l'heure du souper, à moins, bien entendu, qu'une camionnette nous ramasse.

Il avait dit « unless we get picked up by a pick-up », qui était une formule involontairement amusante. Elle ne fit sourire que Benjamin Tardif, qui aurait été bien embêté si on lui avait demandé de la traduire de façon savoureuse en français.

— Pourquoi, suggéra-t-il avec l'esprit de contradiction que ses compagnons d'infortune commençaient à lui connaître et qu'ils saluèrent par un triple profond soupir, pourquoi on n'y va pas ce soir ? Ce serait moins chaud, et on y serait avant le matin.

— Des plans pour se faire écraser dans le trafic, opina Justin.

— Quel trafic ?

— Moi, en tout cas, je ne laisse pas ma limousine ici toute seule, affirma Oracle Simon.

Benjamin Tardif eut l'impression que le révérend se mordait les lèvres, comme s'il avait laissé entendre que sa voiture était bourrée de millions de dollars.

— Moi, je fais comme Justin, fit Soutinelle sur le même ton que si elle avait voulu affirmer son autonomie.

Sentant une fois de plus qu'il perdrait si on prenait un vote, Benjamin Tardif n'insista plus.

On mangea les deux dernières boîtes de *chili*. Et Benjamin Tardif se dit que s'il devait en manger encore avant un mois son système digestif ne répondrait plus de rien.

Il dormit dans son Westfalia, Oracle Simon dans sa limousine aussi grande qu'une maison, et les Case dans la maison de Soutinelle, aussi petite qu'une limousine.

Le septième jour

*I*l faisait encore presque nuit noire lorsque Justin Case vint réveiller Benjamin Tardif.

— Vite, debout ! C'est l'heure du miracle.

— Quel miracle ?

— Le miracle d'Oracle Simon. Il dit d'aller le rejoindre sur la plage.

— Ah bon ?

Benjamin Tardif s'habilla rapidement et suivit Justin Case jusqu'à la plage, où il se frotta les yeux autant pour se réveiller que pour s'assurer que le spectacle qu'il voyait devant lui était la réalité et non le fruit de son imagination.

Devant l'horizon qui commençait à pâlir, Oracle Simon était monté sur la pierre préférée de Benjamin Tardif. Il portait une espèce de chasuble bleue à grandes manches amples, avec des garnitures blanches en hermine vraie ou fausse. À deux mètres du sol, sur le cocotier le plus près (à l'endroit le plus haut qu'il avait pu atteindre sans grimper dans l'arbre, ce qu'il était manifestement incapable de faire, d'autant plus qu'il n'était pas évident que le cocotier aurait pu supporter un tel poids), le révérend avait suspendu un drapeau américain qui flottait paresseusement dans la brise matinale.

Tout à coup, un premier croissant de soleil orangé parut au-dessus des flots.

— Debout, soldats de Jésus ! entonna alors Oracle Simon avec une voix nasillarde et sur un air que Benjamin Tardif avait déjà entendu quelque part. Au garde-à-vous, chacun de vous !

Justin et Soutinelle s'efforcèrent de chanter avec lui mais ne connaissaient pas les paroles de l'hymne du Temple des Ondes. Ils alternaient donc entre de brefs silences et des paroles qu'ils prononçaient quelques fractions de seconde après le révérend Oracle Simon. Cela ajoutait du volume à cet hymne matinal mais ne favorisait pas son harmonie.

Benjamin Tardif se rappela enfin où il avait entendu cette mélodie : c'était la même que celle du klaxon et du système d'allumage de la limousine.

Oracle Simon se tenait au garde-à-vous et saluait la bannière étoilée. Après quelques instants, Justin et Soutinelle avaient adopté une pose semblable. Justin portait deux doigts à son chapeau de cow-boy, dans un salut militaire probablement peu réglementaire.

— Combattons les ennemis de Jésus, continua Oracle Simon. Gagnons la victoire des vertus.

Évidemment, ce n'était pas tout à fait ça qui se chantait en anglais. Mais la rime était aussi pauvre et le sens aussi ténu.

La sphère rouge du soleil parut entièrement au-dessus de l'horizon. Oracle Simon, accompagné de façon intermittente par son chœur improvisé, chanta encore un couplet et un refrain.

— Avec Jésus, nous gagnons la partie, pour Dieu et pour la patrie, termina-t-il enfin d'une voix si forte que Soutinelle et Justin jugèrent superflu de le suivre dans ce finale.

— Et le miracle ? eut alors l'impertinence de demander Benjamin Tardif.

Les trois autres se tournèrent vers lui comme s'il avait proféré le pire des blasphèmes jamais entendu dans tout l'ouest du Texas.

— Moi, je ne vois toujours pas de miracle, dit-il encore avec l'intention bien arrêtée de jeter de l'huile sur le feu.

— Il ne voit pas de miracle, dit Justin, sur un ton ambigu qu'il espérait susceptible d'être interprété par le révérend comme la condamnation d'un mécréant qui refusait de voir l'évidence et par Benjamin Tardif comme un appui de la part de quelqu'un qui ne voyait pas de miracle lui non plus.

— Il ne voit pas de miracle ! s'écria Oracle Simon d'une voix de fausset. Il ne voit pas de miracle, alors qu'il vient assister au plus beau miracle de Dieu : le lever du soleil, le début d'une autre journée, alors que Dieu aurait pu le faire descendre au lieu de monter, ou le faire aller à droite ou à gauche, ou nous laisser pendant vingt-quatre heures, ou quarante-huit heures, ou soixante-douze heures de plus, ou même jusqu'à la fin de l'année sinon la fin des temps, dans la plus profonde obscurité, car nous ne méritons pas mieux. Mais Dieu, aujourd'hui encore, a fait fi de nos péchés, de nos défauts, de nos imperfections humaines qui devraient être intolérables pour un être de perfection. Il a fait comme si nous croyions tous en Lui, alors qu'il y a parmi nous des gens qui doutent et même qui s'imaginent que Dieu n'existe pas. Malgré l'évidence. Malgré ce soleil qui nous crève les yeux. Mais Jésus est bon. Et Il est prêt à partager les bienfaits de Ses miracles même avec ceux qui ne savent pas les reconnaître. Parce que Jésus ne désespère jamais des hommes. D'autant plus que ceux qui ne seront pas dignes de Lui quand viendra l'heure où leurs yeux se fermeront à tout jamais à ces levers de soleil prodigieux, Il pourra alors, si tel est Son choix, laisser Son père les envoyer en enfer – pas par plaisir, mais parce qu'il y a des âmes qui ne valent pas mieux que de servir de petit bois à Lucifer.

Le révérend s'interrompit, essoufflé. Justin et Soutinelle applaudirent.

— Miracle, miracle, miracle, fit encore le révérend.

— Miracle, miracle, miracle, fit le choeur de deux voix auquel Benjamin Tardif s'obstinait à ne pas se joindre.

Après cette démonstration de miracle, on rentra dans la maison et on but de l'eau pour déjeuner parce qu'il ne restait plus rien d'autre.

Justin demanda ensuite à sa soeur de le suivre dehors, parce qu'il avait à lui parler. Benjamin Tardif les suivit des yeux. Ils s'installèrent sur la plage, l'un à côté de l'autre, sur la grosse pierre. Il y avait quelque chose de touchant à les voir ainsi côte à côte, frère et soeur si dissemblables que c'en était à peine croyable. Peut-être même était-ce un miracle ?

— Les miracles les plus beaux, et j'en ai fait beaucoup, reprit Oracle Simon pendant que Benjamin Tardif regardait les Case par la fenêtre, sont justement les moins inattendus. On voit quelque chose que Dieu fait pour nous tous les jours ou presque : le soleil, la pluie, le sable, les palmiers, un bébé qui fait ses premiers pas, une fleur qui éclôt. Et on ne les voit plus, on ne se rend même pas compte que c'est un miracle. Pourtant, chaque pas que nous faisons, chaque souffle que nous respirons...

«*Every step we make, every breath we take* – ça ressemble à une chanson», songea Benjamin Tardif, qui, ne pouvant supporter la conversation du révérend, se leva et sortit, ce qui n'empêcha pas Oracle Simon de continuer à parler. Sans doute avait-il besoin d'exercices matinaux pour maintenir son éloquence.

Benjamin Tardif allait s'approcher de Justin et de Soutinelle lorsqu'il eut l'impression d'être indiscret. Il entendit Soutinelle qui disait : «Non, pas lui. Le révérend, je veux bien, mais pas lui.»

Un peu furieux parce que cet imbécile de Justin insistait encore pour qu'il couche avec sa soeur, et très vexé que celle-ci lui préférât le fondateur du Temple des Ondes, Benjamin Tardif s'éloigna, marcha jusqu'à la limousine, eut envie de s'asseoir sur les sièges de cuir. Mais les portes étaient toutes fermées à clé, probablement par un système de verrouillage central. Il alla plutôt se recoucher quelques instants dans le Westfalia. Il s'assoupit, et fut réveillé par des cris d'horreur. C'était la voix de Soutinelle, et cela venait de la maison.

Soutinelle sortit sur le balcon. Une partie de sa robe était déchirée et dévoilait son épaule ronde.

— Il a essayé de me violer.

— Quoi ? demanda Justin même si elle s'était exprimée avec la plus grande clarté, son accent du Sud devenant tout à coup clair comme de l'eau de source même pour Benjamin Tardif.

— Il a essayé de me violer, je te dis.

— Le révérend Oracle Simon? demanda Justin totalement stupéfait.

— Oui, pleurnicha-t-elle en éclatant en larmes et en se mouchant dans le morceau déchiré de sa robe.

Le révérend Oracle Simon sortit de la maison lui aussi, son pantalon à la main.

— Ce n'est pas vrai, dit-il en s'efforçant d'enfiler le pantalon sans tomber tout en descendant les marches du balcon.

C'était de toute évidence un exercice au-dessus de ses forces, puisqu'il tomba et roula dans le sable.

— Ce n'est pas vrai, répéta-t-il. Elle m'a seulement dit d'enlever mon pantalon pour le repasser. Puis elle a déchiré sa robe et s'est mise à hurler comme une folle.

— Comment j'aurais pu? protesta Soutinelle. J'ai pas de fer, même pas d'électricité.

— C'est vrai qu'il a essayé de te violer? demanda Justin.

— Sûr, que c'est vrai.

— Tu le jures sur la tête de m'man? demanda-t-il encore, sur un ton éminemment solennel.

— Oui, je le jure sur la tête de m'man.

— Tu vois, dit-il en se tournant vers Benjamin Tardif pour le prendre à témoin tandis que le révérend se relevait péniblement et glissait dans son vaste pantalon les amples pans de sa large chemise.

— Il a essayé de me violer, comme les autres filles dans le *Natural Enquirer*, pleurnicha encore Soutinelle. Il a enlevé son pantalon, m'a montré son machin et m'a demandé : «Tu veux le voir de plus près, le machin de l'homme de Dieu ?» Puis il s'est précipité sur moi. Une chance que j'ai pu lui donner un coup de genou dans les couilles, autrement il m'avait, pour sûr.

Justin dégaina un des deux revolvers qui ornaient sa ceinture.

Oracle Simon se jeta à genoux dans le sable.

— Je vous jure qu'elle ment. Je ne sais pas pourquoi. Mais je vous jure que je n'ai pas fait comme avec les autres.

— Parce que les autres, vous les avez violées, vous l'avouez ?

— Les journaux ont tout exagéré. Oui, je me suis laissé séduire. Mais je n'ai jamais violé personne.

Justin s'approcha du pasteur à genoux, arma son revolver, le lui pointa sur le nez.

— Comme ça, y a rien de vrai dans tout ça ? C'est comme les dix millions de dollars ?

— Exactement. Tout est faux.

Justin tint son arme à bout de bras, le canon effleurant le bout du nez d'Oracle Simon. Mais celui-ci ne réagissait plus. Il avait les yeux d'un homme qui attend la mort et qui n'est plus tout à fait convaincu que cela l'enverra au ciel et lui procurera la félicité éternelle.

— Justin, tu ne vas quand même pas… commença Benjamin Tardif.

— Toi, l'étranger, te mêle pas de ça.

Benjamin Tardif ne dit plus rien. Il rentra la tête dans les épaules, s'attendant à voir éclater le visage d'Oracle Simon. Mais la scène se prolongea ainsi pendant ce qui parut être de longues minutes.

Finalement, Justin relâcha tout doucement le chien de son revolver, qu'il remit à sa ceinture.

— Bougez pas de là, je vais parler à ma soeur.

Il entraîna Soutinelle par le bras, hors de portée de voix. Il y eut une brève conversation très animée. Puis ils revinrent devant Oracle Simon, toujours à genoux dans le sable.

— Bon, ça ira pour cette fois. Ma soeur a décidé de vous pardonner. Mais recommencez plus, sinon je vous abats comme un chien.

— Je vous jure que jamais je ne toucherai à votre soeur.

— Vous avez intérêt.

L'incident se termina là. Benjamin Tardif entra dans le Westfalia pour changer de chemise tellement il avait transpiré. Le révérend Oracle Simon alla dans sa voiture changer de pantalon. Sans doute avait-il, pendant qu'il avait le revolver de Justin Case sous le nez, été incapable de contenir son système intestinal.

L'ex-shérif préparait l'expédition. Il envoya Benjamin Tardif chercher, dans le dépotoir personnel de Soutinelle, à une centaine de mètres de la maison, des contenants de plastique, de préférence munis d'une poignée.

Dans le tas de détritus, il trouva trois contenants d'eau de Javel et un d'eau distillée, tous vides.

— Très bien, fit Justin. Vous deux, vous allez à la maison me rincer ça et me les remplir d'eau. C'est Oracle Simon qui manoeuvrera la pompe. Il a besoin d'exercice.

Soutinelle eut un rire bref.

— Ben et moi, continua Justin, nous allons chercher des cordes pour transporter l'eau sans nous fatiguer.

— L'idéal, suggéra Benjamin Tardif, ce serait de prendre les baudriers de sécurité de la limousine.

— Pourquoi pas de votre machine ? protesta le révérend, qui s'éloignait vers la maison dans son pantalon propre.

— Parce que moi, je n'ai jamais violé personne.

— Donnez-moi vos clés, conclut Justin.

Oracle Simon obéit, rentra dans la maison derrière Soutinelle. Les deux autres s'éloignèrent vers la limousine.

— Tu es sûr que c'est bien prudent de les laisser tout seuls ?

— Je ne pense pas que cet enfant de salaud va récidiver, répondit calmement Justin.

Ils eurent à peine le temps de découper en longueurs de deux mètres les ceintures et baudriers de la limousine qu'un nouveau cri d'horreur retentissait. C'était encore Soutinelle. Cette fois, elle hurla pendant une bonne minute, le temps que Justin Case et Benjamin Tardif fussent revenus de leur surprise puis eussent couru vers la maison. Benjamin Tardif fut le premier à y entrer.

Cette fois, Soutinelle était couchée par terre. Oracle Simon, qui avait remis à moitié sa veste, était penché sur elle et tentait de l'empêcher de crier. Soutinelle avait la jupe relevée. Sa culotte déchirée – une culotte toute propre, puisque qu'elle était bleu ciel, constata Benjamin Tardif – était à côté d'elle, sur le sol.

Justin avait dégainé avant d'entrer.

— Viens dehors, si tu es un homme, dit-il simplement à Oracle Simon, sur le ton de la plus émouvante gravité.

— Je n'ai rien fait, cette fois encore. Dites-lui, Soutinelle, que je ne vous ai rien fait. C'est vrai. J'ai seulement enlevé ma veste pour actionner la pompe, et elle s'est jetée par terre et s'est mise à crier comme une folle. C'est ça, elle doit être folle, ta soeur. Vous avez des épileptiques dans la famille ? Moi, je ne l'ai même pas touchée. Pourquoi je l'aurais fait, alors que je savais que vous me tueriez si je le faisais ?

— Viens dehors, ordonna sèchement Justin.

Oracle Simon se releva. Il était en proie à la plus grande des terreurs. Et cela se voyait déjà au fond de son pantalon pourtant tout propre quelques instants plus tôt.

Benjamin Tardif les suivit jusqu'au pas de la porte, resta là à les regarder. Oracle Simon s'assit sur la grosse pierre de la plage. Justin lui parlait. Mais le bruit des vagues empêchait Benjamin Tardif d'entendre la conversation. Soutinelle vint par derrière poser sa joue contre son épaule. Il se tourna un peu vers elle, lui passa son bras autour des épaules.

— Pauvre petite, dit-il.

Il fut soudain assailli d'un doute, lui releva le menton pour la regarder dans les yeux.

— C'est vrai ?

— Quoi ?

— Qu'il t'a violée ?

— Oui, c'est vrai.

Elle avait un air buté, comme si elle avait été vexée de la question. Et il regretta de l'avoir posée. Il la pressa contre lui. Elle s'abandonna, se mit à sangloter dans son cou.

Le coup de feu les fit sursauter tous les deux. Ils se tournèrent vers la plage. Le corps d'Oracle Simon s'abattait en avant, dans l'eau. Justin rengaina, revint vers la maison.

— Cet enfant de salaud a eu ce qu'il méritait, dit-il d'un ton bourru.

— Vous auriez pu le remettre entre les mains de la police, dit doucement Benjamin Tardif en s'efforçant de minimiser son reproche.

— La police, c'est moi. Allez, on s'en va.

Soutinelle se lava pendant que Benjamin Tardif actionnait la pompe pour elle. Ils emplirent ensuite trois des contenants d'eau - ceux d'eau de Javel pour ne pas faire de jaloux.

— Qu'est-ce qu'on fait du cadavre ? demanda Benjamin Tardif.

— Je l'ai poussé dans le golfe. Les requins s'en occuperont.

Benjamin Tardif n'était pas homme à se quereller longtemps avec un type qui venait de tuer quelqu'un d'un coup de revolver et qui avait fort vraisemblablement d'autres balles dans ses armes. Il ne dit rien et enfila comme des bretelles les deux bouts de baudrier qu'il avait passés dans l'anse de son contenant d'eau de Javel recyclé.

— On y va? s'impatientait Soutinelle, qui avait, elle, monté son contenant d'eau sous son aisselle droite, comme un porte-revolver.

Ils se levèrent tous les trois.

— Pourquoi on ne passe pas par le bord de l'eau? suggéra Benjamin Tardif avec toute la gentillesse dont il était capable. Comme ça, on pourra se baigner quand on aura trop chaud.

— J'aime pas me baigner, coupa sèchement Soutinelle. Et puis j'ai pas de maillot de bain.

— Pas besoin de maillot...

— Je suis pas le genre de personne qui se baigne toute nue devant tout le monde, moi.

— Il n'y avait personne.

— Comment tu te serais fait voler le Wasfoolia, s'il y avait eu personne?

— Bon. Disons qu'il n'y avait que le shérif.

— C'est pas personne, ça. C'est mon frère.

— Écoutez, fit Justin, j'ai une meilleure idée...

— Vraiment? fit Benjamin Tardif non sans sarcasme.

— Toi, tu passes par la mer. Et nous, on passe par la route. Comme ça, si tu vois un bateau, tu pourras lui faire signe, et nous, si on voit une voiture, on la fera arrêter.

— D'accord. Si Soutinelle peut décider avec qui elle va.

— Je vais avec mon frère. Je me suis assez fait violer pour aujourd'hui, merci.

— Bon, ça va, j'ai compris.

— Le premier arrivé à Junior's Last Run se ramène au plus tôt avec un bidon d'essence.

Benjamin Tardif accepta sans se faire prier. Justin lui faisait maintenant un peu peur, pour ne pas dire beaucoup. Et il avait surtout peur de lui-même, de ne pas être capable de retenir un sarcasme ou un reproche qui mettrait l'ex-shérif en colère.

Les Case partirent donc par le petit chemin à l'entrée duquel la superlimousine d'Oracle Simon était garée.

Benjamin Tardif s'éloigna encore par la mer.

Midi approchait, et le courant semblait toujours fort. La meilleure chose à faire consistait à suivre le plus possible les taches d'ombre sous les arbres et les arbustes, quitte à zigzaguer. Mais il marchait d'un bon pas, afin d'être le premier à Junior's Last Run. Avec de bonnes chaussures, c'était facile. De toute façon, il était convaincu qu'après quelques kilomètres Soutinelle se mettrait à chialer ou refuserait carrément de continuer. À moins que son frère ne soit saisi d'une crise de paresse et décide de rebrousser chemin ou d'attendre du secours sur le bord de la route.

Aller de son côté était donc pour Benjamin Tardif le seul moyen de se rendre à Junior's Last Run en moins d'une semaine. En marchant vite, il y serait en début de soirée. Et, avec un peu de chance, la station-service respecterait sa promesse d'être ouverte vingt-quatre heures par jour.

De temps à autre, il s'arrêtait pour boire une gorgée d'eau. Mais l'eau goûtait de plus en plus l'eau de Javel de plus en plus chaude – d'abord de la même température que pour laver la vaisselle, puis pour prendre une douche, et enfin à peu près aussi brûlante que pour faire la lessive.

Il ne put résister à la tentation de se baigner dans la dernière petite baie. Il laissa la bouteille d'eau et ses vêtements sur la plage, et prit soin de pénétrer dans l'eau à reculons, de façon à ne pas les perdre de vue. On ne lui ferait pas le coup une deuxième fois.

Ce n'est que lorsqu'il fut revenu sur le rivage et qu'il s'assit au soleil quelques instants pour se faire sécher la peau avant de se rhabiller qu'un problème lui vint à l'esprit.

Il avait oublié son portefeuille. Il l'avait laissé avec ses autres papiers, dans la boîte à gants verrouillée du Westfalia. Comment ferait-il pour payer l'essence ? Il était douteux que des gens de cette région – sans doute la plus xénophobe du monde puisqu'elle était prête à choisir comme protecteur de la loi un type qui avait la réputation de tuer des étrangers parfaitement innocents – acceptassent de lui prêter même leur plus vieux bidon et dix litres d'essence. Peut-être tomberait-il sur une âme charitable ou sur quelqu'un qui se laisserait séduire par la perspective d'aider Justin Case à se tirer d'un mauvais pas et qui accepterait de venir en voiture avec lui faire le plein du Westfalia ? Mais rien n'était moins sûr. Il s'imaginait déjà attendant toute la nuit à Junior's Last Run que les Case s'amènent enfin, pour revenir tout seul le lendemain, à pied, sans essence, après une vaine attente. Tout serait à recommencer et il resterait à Nulle Part jusqu'à la fin de ses jours, qui ne saurait alors tarder.

La seule chose à faire : prendre le petit chemin de tous ses malheurs, et aller retrouver les Case sur la route. S'ils étaient allés plus vite que lui, il les verrait à droite, dans la longue côte. S'ils allaient plus lentement, il n'aurait qu'à attendre qu'ils arrivent de la gauche.

Rendu à la route, il mit ses mains en coupe au-dessus de ses yeux, sans apercevoir, ni d'un côté ni de l'autre, les silhouettes de Soutinelle et de son frère.

Il attendit une bonne demi-heure avant de perdre patience et de reprendre la route vers le poste d'essence de Soutinelle. Il s'étonna de l'atteindre avant d'avoir rencontré les Case. Peut-être avaient-ils été recueillis par une camionnette qui les aurait emmenés à Junior's Last Run ? Mais alors, ils seraient déjà revenus avec de l'essence...

C'est à ce moment-là qu'il entendit un coup de feu. Cela semblait venir de la maison. Justin était-il en train de tuer sa soeur ? Ou était-ce celle-ci qui tuait son frère ? Il lui sembla évident qu'il y avait là un cas de meurtre fratricide, puisqu'il ne restait plus personne d'autre à tuer que le frère ou la soeur, et il s'élança en courant sur le chemin de la maison.

Mais le seul meurtre qu'il put constater fut celui de la limousine d'Oracle Simon. Les portes, le capot et le couvercle du coffre avaient été arrachés. Toutes les garnitures des sièges avaient été ouvertes à coups de couteau. Les pneus étaient en lambeaux, le moteur en pièces détachées. Tous les morceaux de la moquette étaient accumulés en une pile près de la maison.

Tout cela n'était pas sans lui rappeler le tas de détritus de l'avant-veille, l'odeur en moins. Au milieu de ce dépotoir improvisé, Soutinelle et Justin examinaient une série de morceaux de carton troués. Ils étaient assis sur une des banquettes – la deuxième ou la troisième ? – qu'ils avaient arrachées à la voiture et totalement dégarnies de leurs cuirs luxueux. Et ils avaient à leurs pieds un petit coffre-fort dont la serrure avait de toute évidence sauté sous la force du coup de feu que Benjamin Tardif venait d'entendre.

— Ah, c'est toi, Ben ? dit Justin en le voyant arriver. J'étais sûr que tu reviendrais. J'ai dit à Soot : «Soot, je te parie cinq dollars qu'il va revenir avec de l'essence. Alors, pourquoi s'en faire et pourquoi tu t'abîmerais les pieds sur la route ? On a qu'à rentrer à la maison et attendre les secours que Ben Too Late va nous apporter tôt ou tard. » Et pendant qu'on t'attendait ici bien tranquillement, il m'est venu à l'idée qu'Oracle Simon avait pu cacher quelque part dans sa limousine les dix millions dont parlait le *Natural Geographic*.

— *Natural Enquirer*, corrigea Soutinelle.

— Alors, on a regardé dans la voiture, et on a fini par trouver ce petit coffre. Et je me suis dit : «S'il y a dix millions là-dedans, ils doivent être en coupures d'au moins dix mille dollars, si ça existe. Mais regardons quand même.» Et voilà tout ce que j'ai trouvé...

Il tendit à Benjamin Tardif une vingtaine de photos sur lesquelles on voyait deux hommes. Les hommes changeaient d'une photo à l'autre, sauf un qui était toujours le même. Bien que les photos eussent de toute évidence été prises à l'insu de leurs sujets, elles relevaient de la plus haute pornographie, et il y a sûrement des lois qui interdisent de les décrire plus clairement ici. Disons seulement qu'elles auraient constitué une excellente encyclopédie initiatrice à l'art des relations homosexuelles perverses. Benjamin Tardif les regardait avec beaucoup d'intérêt, car il n'avait jamais cru qu'il fût possible de faire tant de choses entre personnes de même sexe – ni même entre personnes de sexes différents.

Il jeta un coup d'oeil vers Soutinelle pour essayer de comprendre.

— C'est Tom Thompson, dit-elle. Lui aussi, je l'ai vu dans le *Natural Enquirer*. Mais toujours en complet-veston. Et jamais on disait de mal de lui. Seulement d'Oracle Simon. À croire que c'est lui, le propriétaire du journal.

— Peut-être bien qu'il l'est.

— On devrait pouvoir en tirer quelque chose, peut-être dans un autre journal? suggéra Soutinelle.

Benjamin Tardif eut l'air sceptique en montrant les dommages infligés à la plupart des photos par le coup de revolver.

— On voit quand même tout ce qu'il y a à voir, protesta Justin. Je parie cinq dollars qu'on pourrait en tirer une fortune, en allant les montrer au *Badernia Chronicle* ou au magazine *Time*.

— Moi, il me semble, dit Benjamin Tardif en hésitant, que la personne qui paierait le plus cher pour ces photos, surtout si on peut trouver les négatifs, ce serait Tom Thompson lui-même.

— Ne bougez pas, FBI! cria soudain une voix qui provenait des buissons derrière eux.

La voix avait dit : «Freeze, FBI!» Et cela avait amplement suffi pour geler Benjamin Tardif sur place. Il ne bougea pas un doigt. Il parvint même à figer chaque cheveu de sa tête lorsqu'il vit avancer un jeune homme à moustache, élégamment vêtu, qui pointait sur lui un fusil de calibre douze, capable, même entre des mains pas très expertes, de faire éclater un coeur à cinq pas de distance, là où s'arrêta le jeune homme dont le visage semblait familier à Benjamin Tardif.

Justin avait pour sa part levé les bras de la façon la plus réglementaire, en joignant les mains derrière la nuque, comme il l'avait sans doute demandé mille fois à des gens qu'il arrêtait. Les photos lui étaient tombées des mains. Et il semblait s'efforcer de ne pas les regarder, comme s'il espérait qu'un coup de vent les chasserait plus loin. Quant à Soutinelle, elle se contenta de croiser les bras, dans une attitude provocatrice que Benjamin Tardif jugea bien imprudente.

En tout, trois hommes s'avançaient vers eux, de trois côtés différents. Ils étaient tous blancs, tous vêtus de complets-veston et armés de fusils de chasse semblables.

Celui qui avait crié « Ne bougez pas, FBI ! » s'arrêta à deux pas de Justin, lui fit signe de reculer. L'ex-shérif recula, les mains toujours à la nuque, de la manière la plus réglementaire. Un autre des hommes, par derrière, lui enleva ses deux revolvers. Et le premier se pencha pour ramasser la pile de photos avant que le vent ne les emporte. Il les tint dans sa main gauche, puis se servit de deux doigts de sa main droite, qui tenait toujours son fusil, pour mettre sous la pile la photo du dessus. Il les regarda toutes. Finalement, il en passa une au jeune homme à moustache, que Benjamin Tardif croyait avoir déjà vu. Et celui-ci comprit en voyant le jeune homme rougir jusqu'à la pointe des oreilles : il était sur une des photos.

Benjamin Tardif sourit : il trouvait tout à fait amusant qu'un agent du FBI se fût fait surprendre à son insu dans les bras d'une célébrité du télévangélisme. À moins qu'il n'eût été alors en service commandé. Mais il y avait quand même de quoi rougir devant ses collègues.

— Où est l'argent? demanda à Justin l'homme qui lui pointait son fusil sous le nez et qui semblait être le chef des opérations.

— Quel argent? s'étonna Justin sur le ton de la plus parfaite ignorance et de l'innocence la plus totale.

— Ne me dites pas que vous ne savez rien des dix millions?

— Quels dix millions? firent à l'unisson les voix un peu trop bien synchronisées de Justin, de Soutinelle et de Benjamin Tardif.

On commença par les fouiller. Ce fut le petit jeune homme à moustache qui se chargea de fouiller Benjamin Tardif. Et, à la manière dont il le tâta, celui-ci eut l'impression que le jeune homme ne s'était pas trouvé dans les bras de Tom Thompson en service commandé. Ou, en tout cas, que cela n'avait pas dû lui demander un grand sacrifice.

— Je peux vous poser une question? demanda Justin.

— Posez toujours, répondit l'homme aux cheveux gris.

— Comment vous avez fait pour retrouver la limousine?

— On s'est demandé ce qu'Oracle Simon pourrait bien faire du trésor du Temple des Ondes. Et on s'est dit qu'à sa place on l'enterrerait sur le bord d'un petit chemin de campagne. On a donc demandé au garagiste d'Oracle Simon de changer un de ses pneus. On savait qu'il avait trois pneus à cinq nervures et un à quatre. Ç'a été un jeu d'enfant d'arriver jusqu'ici.

L'homme aux cheveux gris partit avec le jeune homme à moustache fouiller la maison en laissant la garde des autres au troisième homme, un gros chauve à lunettes qui démontrait parfaitement que le FBI possède au plus haut point l'art de recruter des hommes qui n'ont pas du tout l'air d'être des policiers.

Ils firent, pendant un bon quart d'heure, beaucoup de vacarme dans la maison : meubles brisés, vitres volant en éclats. Benjamin Tardif s'étonna qu'il fût possible de faire autant de dégâts dans une maison si peu meublée.

Lorsqu'ils sortirent, la déception la plus profonde se lisait sur leurs visages.

— Et Oracle Simon, où est-ce que vous le cachez ? demanda l'homme aux cheveux gris.

— On le cache pas, je l'ai tué, avoua Justin en baissant la tête.

— Pourquoi ?

— Parce qu'il a violé ma soeur. Deux fois.

Il enleva une de ses mains de derrière la nuque pour faire un V avec ses doigts, mais reprit sa pose lorsque l'homme aux cheveux gris releva vers lui le canon de son fusil.

— Où est le corps ?

— Je l'ai poussé à la mer. Les requins ont dû s'en régaler depuis longtemps.

L'homme aux cheveux gris et le gros chauve passèrent une bonne demi-heure le long de la plage. Ils revinrent, l'air plus déçu que jamais.

— Rien trouvé ? dit Justin. À marée basse, je parie cinq dollars qu'il y aura sur la plage des tas de trucs que le requin aura vomis : sa montre, sa ceinture, sa moumoute, peut-être.

— Il portait une moumoute ?

— Là, vous me décevez, les gars. Qu'un homme comme lui porte une moumoute sans que le FBI le sache, ça m'étonne. Moi, quand j'étais shérif, y a pas un gars de mon comté qui portait une moumoute ou même une fille qui avait des faux seins dont j'aurais pas été au courant.

L'homme aux cheveux gris leva juste un tout petit peu la pointe de son fusil et cela suffit à faire taire Justin pour un bon moment.

Il se tourna alors vers le Westfalia.

— Voyons ça, dit-il d'une voix lasse.

— Le Westfalia, c'est à moi, intervint Benjamin Tardif.

— Ah ?

— Et je vous jure qu'il n'y a là-dedans que mes effets personnels. Je suis un simple touriste, je fais le tour de l'ouest des États-Unis, j'ai un passeport canadien, et tout ce que vous trouverez dans le Westfalia, c'est du dentifrice, du shampooing, des livres, mais rien d'autre. Vraiment que des choses à moi. Et je suis ici par hasard. Je n'ai rien fait, rien vu…

Pendant qu'il parlait, les deux hommes avaient ouvert toutes les portes du Westfalia et entrepris de fouiller le véhicule de fond en comble. C'est ainsi que Benjamin Tardif eut l'occasion de comprendre pourquoi la fouille de la maison de Soutinelle avait pu faire tant de tapage. La fouille du Westfalia fut encore plus bruyante. Ils n'épargnèrent que les glaces et la carrosserie. Mais le capitonnage et les aménagements intérieurs ne résistèrent pas aux coups de crosse et aux coups de couteau. Le gros chauve avait ramassé par terre le couteau de chasse que Justin Case avait utilisé dans la limousine et s'en servait avec une remarquable efficacité. Le sac de linge sale – une vulgaire taie d'oreiller qui contenait tous les vêtements que Benjamin Tardif avait portés depuis deux semaines – fut renversé par terre et piétiné. Tout ce qui pouvait, même au prix de quelques efforts, être jeté hors du Westfalia le fut.

Lorsque les deux hommes eurent terminé de vider le Westfalia et donné une dernière chance à la limousine de dévoiler le contenu de ses entrailles, la clairière entourant la maison de Soutinelle faisait l'effet qu'aurait présenté le dépotoir du comté après une guerre nucléaire.

Mais l'homme aux cheveux gris n'était pas du tout satisfait d'avoir fait tant de dégâts. Bien au contraire, il semblait aussi furieux que si ç'avait été chez lui que des gens avaient fait ça.

— Bon, on va jouer sérieusement, maintenant, dit-il sur un ton à la fois las et menaçant. Occupe-toi d'elle.

Il s'était adressé au petit jeune homme de la photo. Celui-ci s'approcha de Soutinelle, qui s'était rassise sur la banquette provenant de la limousine, releva le bas de sa robe avec la pointe de son fusil. Puis il lui caressa l'intérieur des cuisses avec le métal noir. Il plaça ensuite le canon entre ses cuisses, parallèlement à celles-ci, pointé vers la petite culotte – une rose, cette fois.

— Écoutez, je vais tout vous dire... dit Benjamin Tardif, qui n'avait pas la moindre idée de ce qu'il allait dire ensuite.

— Ah, enfin, on devient raisonnable, dit l'homme aux cheveux gris en s'approchant de lui.

— Ne bougez pas, FBI ! cria une voix.

C'était le même «Freeze, FBI!». Dit sur le même ton de voix. Mais pas par la même voix.

Les hommes aux fusils se penchèrent, cherchèrent du regard un endroit où s'abriter.

— *Freeze !* hurla encore une voix venant d'une autre direction.

Les hommes lâchèrent leurs armes. Et il se mit à sortir des buissons autour de la clairière dix fois plus d'hommes qu'il n'y avait de buissons. Sans exagérer, ils étaient bien une trentaine, tous en complet-veston. Et quatre ou cinq étaient noirs. Benjamin Tardif eut l'impression d'être un Grenadin par un beau matin d'invasion américaine.

— Je savais bien, dit Justin à son intention, que c'étaient pas des vrais FBI : y avait pas de nègre.

Benjamin Tardif ne lui demanda pas d'éclaircissements sur ce point. Il essayait simplement de comprendre qui était qui et ce qui se passait. Les trois hommes aux fusils étaient soudain transformés en hommes aux menottes passées derrière le dos. Ils baissaient honteusement la tête, tandis que les agents du FBI – apparemment les vrais, ceux-là – se mettaient à fouiller partout, ramassaient de tout, prenaient des photos de tout, posaient aux autres et se posaient les uns aux autres des questions sur tout.

Six inspecteurs différents demandèrent à Benjamin Tardif de raconter ce qu'il savait. Et il le fit volontiers, conscient qu'on guettait chez lui la moindre contradiction entre ses différentes versions de l'affaire. Il racontait ce qu'il avait vu, en s'efforçant d'en cacher le moins possible. Mais il dissimula l'impression qu'il avait eue au sujet du viol de Soutinelle. Quand on lui demanda s'il croyait qu'elle avait vraiment été violée, il répondit «oui» sans sourciller, même s'il n'en était pas convaincu. Mais il se disait qu'il était peut-être victime du scepticisme typiquement masculin à l'égard du viol, et il mit son doute sur le compte de ce préjugé, ce qui lui permit d'affirmer sans mentir qu'il était convaincu qu'Oracle Simon avait effectivement violé Soutinelle.

Il y avait bien une heure qu'il racontait son histoire à différents inspecteurs, le dernier en lice étant un Noir aux cheveux bleus, plutôt beau garçon, lorsqu'un homme s'approcha de celui-ci et lui montra un bout de papier apparemment arraché d'un télécopieur portatif.

— Êtes-vous communiste, monsieur Tardif ? demanda à brûle-pourpoint l'inspecteur.

— Moi ? Non. J'ai été socialiste quand j'étais jeune. Mais rien de plus.

— Pourtant, je lis dans votre dossier que vous avez été membre fondateur du Parti socialiste québécois...

Il avait prononcé « Parti socialiste québécois » à la française, avec un accent fort acceptable pour un agent du FBI du sud des États-Unis. Mais peut-être n'était-il pas originaire du Sud ?

— Le parti n'a pas survécu deux ans, protesta Benjamin Tardif. Et c'était un parti socialiste, pas communiste.

— Un parti qui prône la lutte des classes et la lutte contre le prétendu impérialisme américain ?

— Vous êtes bien renseigné. Mais nous n'avons jamais eu plus de deux cents membres. Et c'était dans les années soixante, alors que tout le monde ou presque était de gauche au Québec. Je ne vois pas trop ce que cela a à faire avec la mort d'Oracle Simon ou l'arrestation des faux agents du FBI. D'ailleurs, qui sont-ils, ces trois types ?

— Ce sont des dirigeants du Nouveau Temple des Ondes, l'organisation de Tom Thompson. Nous avons laissé courir la rumeur qu'Oracle Simon avait volé dix millions de dollars. Ils sont partis à sa recherche, et nous n'avons eu qu'à les suivre. Et cela nous a permis de mettre la main sur beaucoup plus de gibier qu'il n'aurait été possible autrement. Le seul problème, c'est que vous êtes le seul témoin plus ou moins impartial dans cette affaire, et que nous aimons bien avoir des témoins qui ont un minimum de crédibilité. Un rouge témoignant dans un scandale impliquant les deux principaux télévangélistes américains, cela peut aisément devenir, dans la bouche des intégristes, un coup monté par Moscou ou Tripoli. Vous me comprenez?

— Oui, mais...

— Je crois que je vais dire au procureur que votre témoignage n'est pas essentiel dans cette affaire. Vous avez vu Justin Case tuer Oracle Simon, mais monsieur Case l'avoue lui-même. Vous avez vu le secrétaire-trésorier du Nouveau Temple des Ondes et deux de ses assistants se faire passer pour des agents du FBI. Mais nous sommes trente-deux à avoir été témoins de tout cela. Il n'y a qu'une chose qui m'intrigue...

— Laquelle?

— Au moment où nous sommes intervenus, vous veniez de vous écrier : «Je vais tout vous dire.» Qu'est-ce que vous alliez dire?

— Moi? Rien du tout. J'essayais de gagner du temps.

— Comment?

— Je ne sais pas. J'aurais probablement dit que je savais où les dix millions avaient été enterrés. Sur la plage, peut-être, ou sur un autre petit chemin le long de la route.

N'importe où. Je ne voulais pas qu'ils fassent un mauvais parti à mademoiselle Case.

Il avait dit «Miss Case», comme s'il s'était agi d'une dame qui le laissait parfaitement indifférent et qu'il connaissait à peine.

— Seriez-vous un peu amoureux d'elle? demanda pourtant l'inspecteur.

— Non. En tout cas, pas tout à fait, répondit Benjamin Tardif en rougissant.

— Si nous vous laissions partir, quels seraient vos projets immédiats?

— Rentrer au Canada le plus tôt possible, par le chemin le plus rapide possible.

— Dans ce cas, vous êtes libre. Nous pourrons toujours vous joindre à l'adresse indiquée sur votre permis de conduire?

— Oui.

Benjamin Tardif entreprit donc de remettre dans le Westfalia tout ce que les hommes du Nouveau Temple des Ondes en avaient sorti. Il mit tout cela en vrac, en observant du coin de l'oeil les policiers en civil qui continuaient à interroger les autres.

Justin Case avait des menottes, lui aussi. Mais devant, tandis que les trois autres les avaient derrière le dos. Et il fumait une cigarette en plaisantant avec un policier sans arme, alors que les trois autres étaient gardés à vue par des hommes armés.

Benjamin Tardif était en train de lancer dans le West-falia les derniers lambeaux de son sac de couchage lorsque Soutinelle s'approcha.

— Je suis contente qu'ils te laissent partir, dit-elle.

— Merci.

— Tu sais, si on avait trouvé les dix millions, je t'en aurais donné un.

— C'est gentil.

— Je pense que Justin aura pas trop d'ennuis. Il paraît que si on retrouve pas le corps d'Oracle Simon, on pourra pas l'accuser de grand-chose. Et si on le retrouve, mon viol devrait quand même lui permettre de s'en tirer sans trop de problèmes. Un peu de prison, peut-être, d'après le type aux yeux bleus.

— Je l'espère.

— Moi, j'espère que je te reverrai un de ces jours.

Benjamin Tardif resta devant elle embarrassé pendant quelques secondes, les mains pleines de duvet d'oie. Il allait dire «Moi aussi», mais fut interrompu.

— Viens ici, Ben! criait Justin.

Benjamin Tardif contourna Soutinelle, marcha jusqu'à l'ex-shérif.

— Ils ne te font pas trop d'ennuis, mon Ben?

Il n'avait pas dit «mon Ben», mais «Benny Boy». C'était la première fois qu'il l'appelait ainsi, et Benny Boy ne l'apprécia pas du tout.

— Non. Je peux rentrer chez moi. J'aimerais pouvoir en dire autant de toi.

— Oh, moi, c'est rien. Simple confrontation entre corps policiers. Mais une fois qu'ils m'auront montré qu'ils sont les plus forts, ils vont me relâcher, je te parie cinq dollars là-dessus.

— Bon, pari tenu pour cinq dollars.

— Je peux te donner un dernier conseil, mon Ben ?

— Donne toujours.

— Te baigne plus jamais tout nu. Tu risques de perdre tout ce que tu possèdes. Et à part ça, paraît que ça fait descendre les couilles.

— Merci du conseil. Je le suivrai.

Benjamin Tardif se sentait ému de voir son cow-boy abhorré ainsi maîtrisé.

— Va, sauve-toi, mon Ben, avant qu'ils s'imaginent qu'on est en train de comploter pour renverser le gouvernement.

— D'accord. Et prends bien soin de ta soeur.

— Soot ? Elle a pas besoin d'aide.

L'inspecteur noir aux yeux bleus s'approchait. Il remit ses papiers à Benjamin Tardif.

— Voilà, vous pouvez y aller.

Benjamin Tardif monta dans le Westfalia, mit la clé dans l'allumage, la tourna. Le moteur refusa de démarrer.

— Bordel, pas d'essence ! dit-il tout haut et en français.

Il descendit, rejoignit l'inspecteur noir aux yeux bleus.

— Excusez-moi, mais j'avais oublié que je n'ai pas une goutte d'essence. Vous pouvez m'en vendre pour deux dollars ?

— Je n'ai pas le droit de vendre de l'essence qui appartient au gouvernement des États-Unis d'Amérique. Mais si vous pouvez m'en siphonner deux gallons, il doit bien m'en rester assez.

— Merci. Je connais un siphonneur de première classe. Le seul problème, c'est qu'il a des menottes.

— Case ? Je vais vous arranger ça.

Pendant que le Noir aux yeux bleus détachait les menottes de Justin Case, Benjamin Tardif parvint à retrouver dans le Westfalia un tube de caoutchouc d'un mètre environ qui appartenait à son système de douche portative.

L'inspecteur déplaça sa voiture, la gara tout près du Westfalia.

— Vous m'en laissez quelques gallons, quand même ? demanda-t-il à Justin Case.

— Comptez sur moi, fit celui-ci en faisant un grand clin d'oeil à l'intention de Benjamin Tardif.

Celui-ci put enfin partir. Il fit un long demi-tour, frôla la maison, envoya en passant un baiser du bout des doigts à Soutinelle, qui ne broncha pas.

Tard ce soir-là, l'inspecteur noir aux yeux bleus fut parmi les derniers à quitter les lieux. Il partait avec deux autres inspecteurs et Soutinelle Case. Il roula doucement sur le chemin vers la route, mais le moteur s'arrêta avant de l'avoir atteinte.

— Putain de bordel de merde : plus d'essence, grogna l'inspecteur.

Il n'avait pas dit «Putain de bordel de merde» mais plutôt l'équivalent de ce que peut se permettre de dire un inspecteur noir du FBI en pareille circonstance : «Oh, boy ! Out of gas.»

Soutinelle, sur la banquette arrière, se mit à rire comme une folle.

Deux ans plus tard

Deux ans après ces événements, Benjamin Tardif reçut chez lui une lettre d'un grand bureau d'avocats d'El Paso. La même lettre avait été envoyée à tous les B. Tardif de l'annuaire téléphonique de Montréal, dans le but de retracer un nommé Ben Tardif qui avait fait un séjour au Texas deux ans plus tôt. Une cliente de l'étude Spencer, Spencer, Littleman, Garcia, Moon & Goldman avait une excellente nouvelle à annoncer à ce Ben Tardif. Mais, pour éviter toute erreur sur la personne, on demandait à tout B. Tardif qui aurait effectivement fait un séjour au Texas à cette époque de joindre une photo à sa réponse.

Il fallut encore un mois avant que Benjamin Tardif ne reçoive une réponse à sa réponse, pourtant postée le jour même de la réception de la lettre de l'étude Spencer, Spencer, Littleman, Garcia, Moon & Goldman.

Cette seconde lettre était glissée dans une enveloppe portant le monogramme S en relief, à l'encre dorée. Pliée en trois, elle renfermait un chèque de cent soixante-six mille dollars U.S., postdaté de deux mois.

Voici la traduction fidèle du texte de cette lettre. On n'en perdra que son écriture appliquée d'écolière qui n'avait pas terminé son cours élémentaire et les fautes d'orthographe du même niveau, qui sont difficilement traduisibles d'une langue à une autre.

Cher Ben,

Je suis bien contente d'avoir retrouvé ta trace. Comme ça, je peux enfin t'envoyer le chèque de cent soixante-six mille dollars ci-inclus. Cet argent t'appartient moralement, car tu as joué un rôle important dans notre bonne fortune, à Justin et à moi.

C'est une longue histoire, et je vais la résumer du mieux que je peux. Peut-être que nous aurons un jour l'occasion de nous revoir, et il me fera plaisir alors de te la raconter dans tous ses détails.

Je ne sais pas si tu t'en doutais, mais je n'ai jamais été violée par le révérend Oracle Simon.

La première fois, Justin voulait terroriser Oracle Simon suffisamment pour qu'il nous dise où il cachait les dix millions. Ou, à tout le moins, pour te faire croire qu'il avait une bonne raison de le tuer au cas où il aurait fallu en arriver là et chercher l'argent tout seuls.

Au moment de le tuer, Justin s'est défilé. Il m'a dit qu'il avait une meilleure idée : vous tuer tous les deux, toi et le révérend. Comme ça, on n'aurait eu à partager l'argent avec personne. Moi, je n'ai rien voulu savoir de te tuer. Le révérend, peut-être, mais toi, non. Alors, mon frère a trouvé un autre plan, encore meilleur celui-là, et qui ne le forçait à tuer personne.

Quand j'ai fait semblant de m'être fait violer une deuxième fois, Justin a entraîné Oracle Simon sur la plage et lui a dit : « Si vous me dites pas où se trouve l'argent, je tire avec mon revolver de droite, qui contient de vraies bal-

les. Et comme l'étranger (il parlait de toi) vous a presque vu violer ma soeur par deux fois, je suis sûr de m'en tirer devant un jury. Par contre, si vous me dites où est l'argent, je tire avec mon revolver de gauche, qui est chargé à blanc. Vous ferez semblant de mourir et vous vous cacherez jusqu'au départ de l'étranger. Je dirai à la police que je vous ai tué, et cela vous évitera la prison et tous les autres embêtements dans lesquels vous êtes certainement plongé jusqu'au cou. Voici donc votre chance de disparaître et de refaire votre vie. Mais je m'engage sur mon honneur à vous laisser le tiers de l'argent. Qu'est-ce que vous en dites ?»

Affolé, convaincu qu'il serait tué d'une manière ou de l'autre, le révérend dit quand même à mon frère qu'un petit coffre contenant les cinq millions qu'il possédait était boulonné sous le bloc-moteur.

Justin tint parole et tira avec le revolver chargé à blanc. Oracle Simon fit le mort jusqu'à ce que nous soyons partis à pied avec toi, puis alla se cacher le plus loin possible. On ne l'a revu que lorsqu'il est venu réclamer sa part une semaine plus tard, quand Justin est sorti de prison.

Bien entendu, Justin n'avait aucune intention de se rendre à pied jusqu'à Junior's Last Run. Nous sommes vite revenus à la limousine, et nous avons trouvé le coffre contenant les cinq millions à l'endroit où Oracle Simon nous avait dit. Mais Justin s'est mis dans la tête qu'Oracle Simon devait avoir caché dans la limousine un autre coffre contenant les cinq autres millions, puisqu'il n'avait fait aucune difficulté pour nous livrer le premier. Cela, d'après lui, expliquait que le révérend n'avait pas d'objection à perdre les deux tiers de cinq millions, puisqu'il avait cinq millions de plus. Ça semblait logique, non ?

On a mis la limousine en pièces, comme tu as pu le voir, et on n'a trouvé que le coffre qui contenait les photos de Tom Thompson.

Tu es revenu juste à ce moment-là. Justin avait prévu que tu reviendrais. Il disait que tu es le genre de type qui revient toujours. [Soutinelle avait écrit «the ultimate comerback».] C'est pour ça qu'on avait tout de suite enterré le premier coffre dans le sable près de la grosse pierre sur la plage, de façon que les vagues de la mer cachent qu'on avait creusé là. Mais il pensait que tu te rendrais d'abord à Junior's Last Run et que tu reviendrais avec de l'essence.

Tu es au courant de la suite : l'arrivée des faux policiers, puis l'arrivée des vrais.

Justin a été libéré après une semaine. Le procureur savait que, dans le comté, il serait impossible de trouver un jury qui ne l'aurait pas jugé innocent, quand bien même il aurait affirmé avoir tué deux mille Mexicains. Alors, tu penses bien que, pour avoir tué un pasteur qui avait violé sa soeur, ils l'auraient plutôt élu gouverneur.

D'autant plus qu'on n'a jamais retrouvé le corps d'Oracle Simon, et pour cause, puisqu'il vit encore, même si je n'ai plus jamais entendu parler de lui une fois qu'on lui eut remis sa part. Probablement qu'il en a profité pour changer d'identité.

Mon frère et moi, on s'est donc retrouvés chacun avec 1 666 666 $. Et on n'a pas eu d'ennuis, parce que personne ne s'est douté de rien, jusqu'au jour où j'ai décidé de construire, sur mon terrain le long du golfe, le Soutinelle's Nowhere in Texas Golf & Gulf Resort. [Benjamin Tardif renonça à traduire cela par « La Station de Golf et de Golfe de Nulle Part au Texas de Soutinelle », parce que ça ne marchait pas

du tout, même si le jeu de mots entre « golf » et « golfe » sem-
blait fonctionner encore mieux en français..]

Il y a eu une enquête du FBI pour savoir où j'avais
trouvé tout cet argent. Mais j'ai eu de la chance : ils l'ont
confiée à l'inspecteur aux yeux bleus. Tu te souviens ? Un
type très bien, qui t'avait donné toute son essence. Et il a
tout arrangé. Il n'y avait qu'une condition : que je l'épouse.
Condition qui ne m'a pas trop embêtée, puisque, quatre
mois après notre mariage, mon idiot de mari, qui était poli-
cier parce qu'il aimait ça, s'est fait tuer en essayant
d'empêcher un vol à main armée de deux cent treize dollars
exactement. C'est dire comme il était dérangé.

Mon frère, lui, est aussi devenu amoureux. Tu te sou-
viens du faux policier à moustache ? Il a été condamné à
deux ans pour son rôle dans cette histoire. Il a eu une libé-
ration conditionnelle après dix mois, et mon frère s'est mis
en ménage avec. Oui, je te jure : mon frère, grand pour-
chasseur de tous ceux qui n'étaient pas aussi normaux que
lui, s'est tout à coup aperçu qu'il aimait les garçons.

Cela m'a bien étonnée. Mais, finalement, je me suis dit
que c'était son affaire. Lui, il a mis son argent à la banque
et n'a rien investi dans rien, sauf dans des costumes de cow-
boy en peau de crocodile qu'il payait un prix d'or parce que
la chasse au crocodile était totalement interdite dans ce
temps-là.

Mais le plus drôle, c'est que mon frère est mort du sida
il y a quatre mois. Et tu sais de qui le petit faux flic à mous-
tache avait attrapé le sida qu'il a refilé à mon frère ? Du
révérend Tom Thompson ! En tout cas, le Natural Enquirer
ne parle que de lui, de ce temps-ci, tellement que je me
demande si ce n'est pas Oracle Simon, sous une fausse

identité, qui aurait racheté le journal. C'est dire comme le monde est petit, non ?

C'est le petit jeune homme à moustache qui a hérité de mon frère. Ça ne me fait rien, parce que j'ai tout l'argent qu'il me faut et même plus encore.

Alors, me voilà. Je suis veuve deux fois, sans frère, et toute seule dans la vie. Et je tenais à te remettre ta part, parce que tu l'as bien gagnée. Sans ta tête d'innocent, les policiers ne nous auraient jamais crus, Justin et moi. Même que mon mari m'a dit que c'était parce que tu étais un ancien communiste qu'on t'a cru au-dessus de tout soupçon.

J'espère que tu ne m'en voudras pas de ne t'envoyer que cent soixante-six mille dollars, alors que je t'avais dit que je te donnerais un million si on avait les dix millions d'Oracle Simon. D'abord, on n'a eu que la moitié des dix millions, et ensuite je n'ai eu que le tiers de cette moitié.

Pour l'instant, tout ce que je possède est investi dans le Soutinelle's Nowhere in Texas Golf & Gulf Resort. Imagine : un terrain de golf dessiné par Lee Trevino, trois piscines, dont une olympique, deux kilomètres de plage, avec les quatre petites baies que tu connais. Et, juste de l'autre côté de la route, la plus grande station-service à l'ouest du Mississippi et probablement à l'est aussi. Et on ne manque jamais d'essence, je te jure.

Sur la plage de la baie la plus au nord, la plus belle, je me suis fait construire une petite maison avec je ne sais plus trop combien de chambres pour les invités, alors que je n'invite jamais personne, même s'il y en a beaucoup, et pas seulement des Noirs, qui voudraient bien y être invités et pas seulement dans les chambres d'invités.

Mais toi, j'aimerais que tu viennes faire un tour. Juste pour le plaisir. Juste pour voir si tu as changé, si tu commences à avoir des cheveux gris, pour savoir ce qui t'arrive. Tu n'as rien à payer. J'ai tout ce qu'il faut : le champagne, le caviar (ça ne se mange pas avec une cuiller, mais avec des canapés, tu sais) et tout.

J'espère avoir de tes nouvelles bientôt.

En toute amitié,

Soutinelle.

P.-S. Si tu veux m'écrire, envoie ta lettre à S.C., B.P. 890, Junior's Last Run, Texas 87650. Cela évitera à ta lettre de tomber entre des mains indiscrètes. C'est aussi pour éviter les ennuis que je t'écris à la main au lieu de faire dactylographier ma lettre par une secrétaire.

Benjamin Tardif mit trois jours à réfléchir à sa réponse, et une demi-heure à la rédiger. En voici le texte, à peu près tel qu'il aurait sans doute été s'il avait été écrit en français.

Très chère Soutinelle,

Je suis vraiment désolé pour la mort de Justin. Les quelques jours que je l'ai connu, j'ai trouvé que c'était un homme fascinant, parce qu'il se révélait toujours autre que ce qu'il prétendait être et même que ce qu'il croyait être. Et la manière dont il est mort est, à ce niveau, un coup de maître dont il serait fier.

Je suis presque aussi désolé pour la mort de ton mari. J'espère que tu n'en as pas trop souffert.

Par contre, je suis tout à fait enchanté de ta bonne fortune. Je t'imaginais encore pompiste à Nulle Part au Texas.

Si je n'avais pas eu peur de la réaction de Justin à mon histoire, je t'aurais écrit bien avant. Mais puisque tu me racontes ta réussite avec aussi peu de retenue, je serais bien mal venu de te cacher la mienne.

Il est vrai que je n'ai pas cru du tout qu'Oracle Simon t'avait violée. En tout cas, j'avais de forts doutes à ce sujet.

Mais je dois avouer que je n'aurais jamais songé que c'était à mon intention surtout que vous montiez cette mise en scène. Et ça a marché : j'étais parfaitement convaincu qu'Oracle Simon était mort. J'ai aussi songé par la suite que vous aviez pu, Justin et toi, trouver une partie de sa fortune avant mon arrivée et celle des flics. Mais cela me semblait peu probable, et je me disais que, si tel était le cas, vous ne pourriez jamais utiliser cet argent sans attirer l'attention de la police.

Je suis donc tout à fait ravi que tu aies cet argent et trouvé le moyen de l'utiliser impunément.

Je te suis infiniment reconnaissant du chèque. Mais je l'ai déchiré, pour la simple raison que je n'en ai pas du tout besoin.

Tu comprendras pourquoi lorsque tu connaîtras mon côté de l'histoire, que voici.

Lorsque les hommes de Tom Thompson nous ont dit qu'Oracle Simon avait un pneu à quatre nervures et trois à cinq, cela m'a rappelé que j'avais vu les empreintes d'une voiture répondant à la même description, près de l'endroit où Justin m'avait volé mon Wasfoolia, comme tu dis si bien.

J'ai fait presque la moitié du chemin pour rentrer à Montréal – en gardant toutes les fenêtres grandes ouvertes à cause des odeurs encore plus que de la chaleur – avant de me rendre compte de ce que cela signifiait. Oracle Simon avait été dans les environs de Nulle Part pendant trois jours. Et il avait gaspillé de l'essence en cherchant où cacher son trésor. C'est pour cela qu'il en avait manqué, alors que l'enseigne devant la station-service de Junior's Last Run lui avait fait savoir qu'il n'en trouverait pas avant cent kilomètres. Oracle Simon avait une voiture qui mesurait sa consommation avec tant de précision qu'il était impensable qu'il se fût trouvé à court. J'en ai déduit qu'il avait, dans sa voiture, fait tous les bouts de chemin des environs, à la recherche d'un endroit où enterrer une partie de son trésor. Et ce, à compter du surlendemain du jour où je me suis fait dévaliser par ton frère, puisque j'ai vu ses empreintes de pneus ce jour-là dans le sable.

J'ai fait demi-tour un peu passé Saint Louis. Je me suis acheté un de ces détecteurs de métaux à grand manche, tu vois lesquels je veux dire – ceux que les retraités utilisent sur les plages. Je me proposais de faire tous les petits chemins entre Junior's Last Run et Badernia, mon détecteur à la main. Et j'espérais bien trouver un petit coffre rempli de beaux billets de banque.

J'ai eu de la chance : dès le premier chemin que j'ai essayé (celui où ton frère m'a volé le Westfalia), j'ai trouvé un coffre dans moins de dix centimètres de sable (l'embonpoint d'Oracle Simon devait lui rendre extrêmement pénible le moindre exercice au soleil). Et j'y ai découvert cinq mille billets de mille dollars. Je les ai cachés dans les tréfonds de mon Westfalia – ce qui était facile, vu le désordre qui y régnait – et je suis rentré chez moi.

J'avais cinq millions de dollars américains. Je ne t'expliquerai pas comment je les ai fait prospérer. Mais, crois-moi, je suis maintenant à la tête d'une fortune encore plus considérable que la tienne.

Je n'ai donc aucun besoin de ton argent.

Mais jamais je n'oublierai la semaine que j'ai passée près de toi. Et j'accepte très volontiers ton invitation à utiliser pendant quelques jours une de tes chambres d'invités.

Très amicalement,

Benjamin Tardif.

P.-S. J'arriverai le 23, un mardi, par l'avion qui atterrit à El Paso vers midi. Je louerai une voiture – pas la peine de m'envoyer une limousine.

Le huitième jour

L e vingt-trois, à l'aube, Benjamin Tardif prit l'avion pour El Paso, avec correspondance à Chicago.

À El Paso, il prit livraison du Westfalia qu'il avait réservé. Le véhicule n'était pas vert de course britannique, même si on lui avait promis d'essayer d'en trouver un. Mais la couleur ne changeait rien à l'affaire, et le Westfalia beige convenait parfaitement pour ce retour dans le passé.

Il roula presque tout l'après-midi. En approchant du sommet du Hilltop of the World, d'où il apercevrait le Soutinelle's Nowhere in Texas Golf & Gulf Resort, il essaya d'imaginer le centre de villégiature qu'elle avait fait construire.

Les premières images qu'il s'en fit manquaient de goût : tout était turquoise et rose et clinquant. Mais rien ne lui permettait de croire que Soutinelle manquerait de goût si elle avait les moyens d'en avoir. Et il se mit alors à imaginer un coin de paradis, le long des quatre petites baies : une série de jolis petits bâtiments sur pilotis, avec toits de chaume, et peut-être dans chacun une pièce au-dessus du golfe, avec un plancher vitré pour regarder les poissons. Et des cocotiers partout – Soutinelle aimait bien les cocotiers.

Il arriva au Hilltop of the World, d'où il apercevrait le Soutinelle's Nowhere in Texas Golf & Gulf Resort. Il reconnaissait l'endroit comme s'il l'avait vu la veille. Et il se gara au même endroit que deux ans plus tôt. Le soleil était plus bas à l'horizon, mais le paysage était le même, avec la mer turquoise à gauche et le désert tout jaune à droite.

Il lui fallut quelques secondes pour prendre conscience qu'il manquait quelque chose dans le paysage : le Soutinelle's Nowhere in Texas Golf & Gulf Resort n'était pas là. Il n'y avait même pas le plus petit des motels. Et le seul poste d'essence qu'il apercevait vaguement au loin n'avait rien de plus ni de moins que le poste d'essence misérable qu'il avait connu deux ans plus tôt.

Il fut tenté de faire demi-tour, de fuir ce piège qu'il pressentait devant lui. Mais tant de souvenirs l'assaillirent tout à coup qu'il ne put s'empêcher de tourner la clé dans l'allumage et de laisser le Westfalia glisser silencieusement dans la longue côte.

Il fut incapable de résister à la tentation de prendre le petit chemin à gauche. Ce matin-là, à Montréal, il avait laissé derrière lui un début de tempête de neige. Cela lui ferait du bien de nager un peu puis de se laisser sécher au soleil.

Il se déshabilla, entra lentement dans l'eau. Il était tout nu, et avait tout laissé dans le Westfalia, et ne se préoccupait guère de ce qu'il arriverait au véhicule et à ses effets personnels : il était rendu à destination, cette fois. Lorsqu'il sortit de l'eau, tout était encore là.

Il remit le Westfalia en marche, revint sur la grand-route. Il n'y avait personne au poste d'essence. Toujours la même enseigne : «Pas d'essence avant 50 kilomètres. Pas d'eau. Pas d'air. Pas de toilettes. Pas de crédit. Pas de cartes. Pas de chèques. Pas de batifolage. » Mais la peinture en était presque entièrement effacée par le soleil.

Il tourna sur le chemin de Soutinelle. La maison était toujours là. Devant, une carcasse de voiture – les ruines de la limousine d'Oracle Simon – achevait de rouiller. Mais, pour le reste, rien n'avait changé. Il sortit du Westfalia, fit le tour de la maison, monta le petit balcon dont les escaliers commençaient à pourrir dangereusement. Il poussa la porte moustiquaire toujours bouchée d'un morceau de contre-plaqué.

— Je t'avais parié cinq dollars qu'il reviendrait, fit une voix qu'il connaissait bien.

C'était Justin Case, assis à la table, avec son grand cha-peau de cow-boy au motif de drapeau encore plus décoloré par le temps. Soutinelle était assise en face de lui, dos tourné, dans sa robe jaune. Elle gardait les yeux rivés sur une tasse de café.

Benjamin Tardif s'avança dans la pièce.

— Je suis content que tu sois toujours en vie, Justin.

— J'avais dit à Soutinelle que tu ne reviendrais peut-être pas si tu pensais que j'étais encore là.

Benjamin Tardif ne se donna pas la peine de le nier. Peut-être, en effet, ne serait-il pas revenu en sachant l'ex-shérif encore là. Il s'approcha de Soutinelle, qui lui tournait le dos. Il lui mit la main sur l'épaule. Elle ne broncha pas. Il lui souleva le menton pour la forcer à le regarder.

— J'ai vieilli ? demanda-t-elle.

— Pas d'un jour, dit-il sans mentir.

Justin Case était peu sensible aux sensibleries.

— Tu veux savoir ce qui est vrai et ce qui l'est pas ? demanda-t-il.

— Plus tard. Tu me raconteras ça sur le chemin de la Californie.

Les pieds de la chaise de Soutinelle grincèrent, tandis qu'elle se levait, regardait Benjamin Tardif droit dans les yeux.

— Le mariage avec le type aux yeux bleus, c'est pas vrai, dit-elle, c'est une invention de Justin.

— Je sais, dit Benjamin Tardif, qui n'en savait vraiment rien.

— Comme ça, on va en Californie ? insista Justin Case.

— Oui, si Soutinelle le veut.

— Je peux venir avec vous ?

— Oui, si Soutinelle le veut.

Soutinelle ne fit ni oui ni non, ni de la bouche ni de la tête.

Ils montèrent tous les trois dans le Westfalia. Justin Case s'étendit sur la banquette arrière.

— Elle est bien mieux que l'autre, dit-il. J'aime la couleur. Vert, ça faisait cucul.

Benjamin Tardif faillit dire quelque chose mais il se retint. Il mit plutôt le moteur en marche.

— Le truc du mariage avec le Noir aux yeux bleus, reprit Justin Case, c'était parce que les veuves, y a rien comme ça pour exciter un type chevaleresque comme toi.

Il n'avait pas dit «un type chevaleresque». Plutôt «a gentleman», mais c'était ce qu'il voulait dire.

— Surtout une veuve riche, c'est irrésistible. La première lettre, c'est moi qui ai trouvé du papier à en-tête du bureau de... Comment ils s'appelaient, déjà ?

— Spencer, Spencer, Littleman, Garcia, Moon & Goldman, rappela Benjamin Tardif.

— Oui, c'est à peu près ça. Ils voulaient me représenter à mon procès. J'ai piqué une feuille dans le porte-documents de l'avocate qu'ils m'ont envoyée. Le truc du sida, c'est parce que plus une chose est incroyable, plus on a tendance à la trouver vraie. Et il me semblait qu'il fallait te dire que j'étais mort, parce que j'étais pas trop sûr que tu m'aimais.

Il avait dit «that you liked me», et non «that you loved me».

— Alors, j'ai fait le mort. Mais le reste, c'est vrai. J'ai pas tué Oracle Simon. Il m'a seulement dit de regarder dans la boîte boulonnée sous le bloc-moteur, et il y avait que des photos. Lui, on en a plus jamais entendu parler.

Parfois, en passant les vitesses, Benjamin Tardif en profitait pour caresser la main de Soutinelle, et celle-ci ne bougeait pas, le laissait faire en regardant fixement la route devant elle.

— Tu sais que je me suis représenté aux élections qui ont eu lieu pour me trouver un successeur ? continua Justin. Mais je me suis fait battre. À mon avis, c'est parce qu'il y a de plus en plus de Chicanos à Badernia. À Junior's Last Run, je gagnais par quelques voix, mais Badernia m'a coulé.

Il y eut quelques minutes de silence. Soutinelle souriait maintenant. Et Benjamin Tardif se sentait plus heureux qu'il ne l'avait jamais été. Mais Justin était incapable de se taire longtemps.

— Tu sais ce que je ferais si j'avais un peu d'argent ? Je m'achèterais un détecteur de métal. Comme celui que tu avais. Et je ferais le tour des petits chemins des alentours. Tu as trouvé cinq des millions d'Oracle Simon. Alors, ça prouve que les cinq autres millions doivent exister aussi, non ?

— Je ne sais pas.

— Mais on a eu beaucoup de frais pour te retrouver. Il a fallu louer une boîte postale à Junior's Last Run.

— Soutinelle aurait pu m'écrire qu'elle avait envie de me voir, et je serais venu. Pas besoin d'inventer des millions.

— Toi, tu t'en fiches, tu as cinq millions, il te manque plus rien. Mais moi, si j'avais cent cinquante dollars, je te jure que j'irais m'acheter un détecteur de métal et que les autres millions, je les trouverais.

Benjamin Tardif mit la main dans la poche intérieure de sa veste, tendit son portefeuille à Justin Case.

— Tiens, prends-les, tes cent cinquante dollars. Mais il n'y a qu'une condition : tu nous laisses continuer tout seuls, Soutinelle et moi.

Justin Case prit deux billets de cent.

— D'accord. Je descends tout de suite, si tu veux. Je ferai du stop jusqu'à Badernia. Je connais un magasin où ils ont des détecteurs.

Benjamin Tardif immobilisa le Westfalia sans se donner la peine de descendre sur l'accotement. Justin Case ouvrit la porte coulissante, sauta dehors, la referma.

— Merci. Et bonne chance, vous deux.

Le Westfalia redémarra. Soutinelle se retourna pour voir la silhouette de son frère s'éloigner dans les dernières lueurs du jour, alors qu'ils amorçaient la longue montée vers le Hilltop of the World.

— Tu crois qu'il va trouver les cinq millions ? demanda-t-elle.

— Non.

— Pourquoi ?

— Parce que je n'en ai pas trouvé, moi non plus. Je ne suis pas tellement plus riche que toi. J'ai mis de côté douze mille dollars depuis six mois, de quoi te faire voir la Californie et te ramener chez moi, si ça te plaît.

— Comme ça, t'es pas plus millionnaire que moi ?

— Non. Et c'est peut-être aussi bien comme ça.

— Et Justin ?

— Il va chercher ses millions. Puis un de ces jours il cessera de les chercher.

Le Westfalia approchait du sommet de la côte. Tout à coup le moteur se mit à toussoter.

— Merde ! J'ai oublié de prendre de l'essence.

Le véhicule s'immobilisa sur l'accotement. Benjamin Tardif le laissa reculer vers la gauche, puis tourna le volant vers la droite. Le Westfalia se remit à rouler sans bruit, vers le bas de la côte.

— Mes réservoirs sont vides, protesta Soutinelle. Ça fait un an que le poste d'essence est abandonné.

— Je ne veux pas que de l'essence. Je veux aussi rattraper ton frère.

— Tu es un amour.

Elle avait dit « You're a doll » (« Tu es une poupée »), ce qui est parfaitement ridicule en français. Et elle l'avait embrassé sur la joue, ce qui était parfaitement agréable.

Justin Case marchait sur le côté droit de la route, en se retournant de temps en temps au cas où une camionnette approcherait. Il hésita un moment en voyant revenir le Westfalia. Il avait l'impression que Benjamin Tardif avait changé d'avis et voulait lui reprendre ses deux cents dollars. Il se mit à courir sur l'accotement.

— Allez, monte ! lui cria Soutinelle en poussant la porte coulissante. On t'emmène en Californie. Ben a pas de millions. Y en a pas, de millions.

Sans trop comprendre, Justin Case sauta dans le Westfalia en marche.

— Le seul problème, dit Benjamin Tardif, c'est qu'on n'a plus une goutte d'essence.

— As-tu une pièce de vingt-cinq cents ? On va tirer au sort pour savoir qui va aller en chercher, proposa Justin Case de son ton le plus faussement innocent.

Benjamin Tardif dut faire un effort surhumain pour se retenir de le pousser hors du véhicule en marche.

Table des chapitres